SORCIÈRES, FÉES & PRINCESSES

마녀, 요정 그리고 공주

다 알지만 잘 모르는 이야기

내게 붓을 요술 막대기처럼,
종이를 냄비처럼 쓰게 하는
마녀, 요정 그리고 공주에게.
- 조제프 베르노

글·그림 **조제프 베르노**

정식으로 미술 학교를 다니지 않고, 혼자 책을 읽으며 공부했다. 초등학교 교사로 일하던 2012년, 작가 낭시 페냐를 만나 출판의 세계에 발을 들였다. 《끔찍한 이야기와 헨젤과 그레텔의 피 묻은 운명》에 낭시 페냐와 공동으로 삽화를 그렸고, 이어서 《끝없는 이야기》의 삽화를 홀로 작업했다. 19세기 삽화의 황금시대를 재현하려고 노력한다. 미술 공예 운동, 신예술(아르누보)과 이슬람, 일본 혹은 러시아 장식 미술에 관심이 많아 그 신비한 매력을 삽화를 통해 보여 주고 있다.

옮김 **이정주**

서울여자대학교와 같은 학교 대학원에서 불문학을 전공했다. 현재 방송 번역 및 어린이, 청소년 책을 기획하고 번역하는 일을 하고 있다. 옮긴 책으로는 《제가 잡아먹어도 될까요?》, 《피터 팬》, 《진짜 투명 인간》, 《샌드위치 도둑》, 《엄마를 화나게 하는 10가지 방법》, 《심술쟁이 내 동생 싸게 팔아요!》, 《백설공주와 일흔일곱 난쟁이》 등이 있다.

SORCIÈRES, FÉES & PRINCESSES

마녀, 요정 그리고 공주

다 알지만 잘 모르는 이야기

글·그림 조제프 베르노 | 옮김 이정주

지학사아르볼

차례

비탄에 빠진 소녀들

백마법, 흑마법

살롱의 요정 이야기

비탄에 빠진
소녀들

서양 고전에 등장하는 공주는 단순히
왕의 딸이라서가 아니라, 기품과 덕이
그 얼굴과 마음에 배어 있기 때문에
공주라고 불립니다. 그리고 고난과 역경도 겪지요.
새엄마 혹은 심술궂은 요정으로부터
늘 질투를 받으니까요. 대개 백마 탄 왕자가
구하러 오지만, 그렇다고 해서
공주를 아무것도 하지 않는 수동적인
인물로 보면 안 됩니다. 왜냐하면 자신의
외모를 치장하는 데 온통 정신이 팔려
있기보다 자신의 재주, 끈기와 착한
마음씨로 어려움을 극복하기 때문입니다.

옛날에 자작나무 숲 가장자리에 있는 집에 멀리 장사를 하러 다니는 아빠와 단둘이 사는 소녀가 있었다. 소녀는 아주 어여쁘고, 마음씨가 착해서 '아름다운 바실리사'라고 불렸다.

어느 날, 소녀에게 새엄마와 두 언니가 생겼다. 새엄마와 두 언니는 아주 못생기고, 마음씨가 고약했다. 바실리사의 미모를 질투한 새엄마와 두 언니는 바실리사의 아빠가 장사하러 멀리 떠나자, 바실리사를 구박하기 시작했다. 구석진 다락방으로 내쫓고, 바실리사에게 온갖 힘든 일을 시켰다. 가축을 먹이고 돌보며, 정원의 흙을 갈고, 청소와 요리를 도맡아 하게 했다. 바실리사가 고된 일을 하고 받는 것은 고작 빵 부스러기뿐이었다. 그러나 바실리사는 늘 밝았고, 상냥하고 예쁘게 자라났다.

바실리사가 아무리 구박을 받아도 아름다운 처녀로 자랄 수 있었던 것은 바실리사의 엄마가 세상을 떠나기 전에 남긴 인형 덕분이었

11

다. 그것은 보통 인형이 아닌 마법의 인형이었다! 먹을 것을 주기만 하면 인형은 곧바로 말을 하고 살아 움직였다. 바실리사는 어머니가 신신당부한 대로 인형을 사람들의 눈에 띄지 않게 숨겼다가 새엄마와 두 언니가 없을 때만 몰래 꺼냈다. 인형에게 남은 음식 중에서 가장 좋은 것으로 먹이면, 인형은 곧장 정원을 손질하고, 집 안을 청소하며, 요리를 했다.

몇 년이 흘러 바실리사와 두 언니는 결혼할 나이가 됐다. **새엄마**는 전보다 더 심하게 바실리사를 구박했다. 바실리사가 자신의 두 딸보다 더 예쁘고, 피부도 더 희며, 더 상냥했기 때문이다. 무엇보다 시키는 일마다 빈틈없이 해내 꼬투리를 잡을 수 없었다. 새엄마는 바실리사를 없애 버리기로 마음먹었다.

가을이 되자, 새엄마는 두 딸과 바실리사에게 해야 할 일을 하나씩 맡겼다. 첫째 딸은 레이스를 바느질하고, 둘째 딸은 털실을 뜨며, **바실리사**에게는 아마실◆을 잣게 했다. 이 세 가지 일은 모두 고되고 시간이 걸리는 지루한 일인데, 양초는 딱 하나밖에 없어서 희미한 불빛 앞에 모여서 해야 했다. 새엄마는 잠자러 들어갔다. 러시아의 가을은 일찍 땅거미가 지기 때문에 저녁 일찍부터 양초를 켜야 한다. 잠시 후, 첫째 딸이 엄마가 시킨 대로 길게 탄 양초의 심지를 자르는 척하면서 촛불을 완전히 꺼뜨렸다.

늘 엄마의 나쁜 지시를 그대로 따르는 첫째 딸은 바실리사가 촛불을 꺼뜨렸다고 뒤집어씌운 후 큰소리치며 때리기 시작했다.

"집이 온통 캄캄해졌어! 양초도 없는데, 어떻게 일을 마쳐? **바바야가** 마녀할멈에게 가서 불을 구해 오는 수밖에 없는데, 누가 갈래?"

◆ **아마실** 마의 섬유로 만든 실. 섬유 중 가장 튼튼하고 질김

"난 안 가도 돼. 달빛이면 충분하거든."

둘째가 말했다.

"나도 달빛이면 충분해!"

첫째가 말했다.

"너만 불이 필요하니까 네가 가! 마녀 할멈에게 잡아먹히지나 말고!"

첫째는 **바실리사**를 집 밖으로 내몰면서 소리쳤다.

바실리사는 앞치마 주머니에 인형을 챙겨 넣고 집을 나와 어두컴컴한 숲 속으로 바들바들 떨면서 들어갔다. 달이 높이 떴다. 반짝이는 달빛에 하얀 자작나무 줄기가 유난히 하얗게 빛났다. 어둠 속에서 맹수들이 번득이는 눈으로 바실리사를 노려보는 듯했다. 오싹한 소리가 숲길을 홀로 걷는 바실리사

의 발소리와 뒤섞였다. 그러나 바실리사는 약해지지 않았다.

그때 흰 얼굴에 흰 갑옷을 입고 흰말을 탄 기사가 나타나 바실리사를 지나쳐 덤불 속으로 사라졌다. 그러자 **달**이 졌다. 한 시간 후에 붉은 얼굴에 붉은 갑옷을 입고 붉은 말을 탄 기사가 나타나 바실리사를 지나쳐 덤불 속으로 사라졌다. 그러자 **해**가 떴다.

바실리사는 해가 질 때까지 온종일 걷고 또 걸었다. 마침내 **바바야가**가 사는 숲속 빈터에 다다른 바실리사는 흠칫 놀라 멈춰 섰다. 나무들 한가운데 수탉의 두 발 위에 이즈바◆가 우뚝 서 있었다. 이 오두막은 사람의 뼈로 만든 울타리에 둘러싸였고, 울타리의 말뚝마다 해골이 대롱대롱 걸려 있었다. 오두막의 문도 사람의 뼈였고, 자물쇠는 뾰족한 이빨이 드러난 턱뼈였으며, 문고리는 백골이 된 손이었다.

검은 얼굴에 검은 갑옷을 입고 검은 말을 탄 기사가 나타나 바실리사를 뚫어지게 쳐다보다 지나갔다. 그러자 **달**이 떴다. 밤이 깊어지자, 해골의 움푹한 눈구멍에서 불빛이 반짝이기 시작했다. 시끄러운 소리가 나뭇가지 사이에서 울렸다. 바바야가 마녀가 돌아왔다.

마녀는 절구통을 타고서 한 손에 든 절굿공이로 방향을 잡고, 다른 손으로는 빗자루로 자기가 온 길을 지웠다. 마녀는 딱 보기에도 무시무시했다.

"어디서 사람 냄새가 나는데?"

바실리사는 바들바들 떨면서 덤불에서 나와 마녀에게 나아갔다.

"저예요. 할머니, 제 이름은 **바실리사**예요. 의붓언니들이 불을 구해 오라

◆ **이즈바** 자작나무와 같은 목재로 만든 러시아 전통 가옥

고 해서 왔어요."

바실리사가 모기만 한 목소리로 말했다.

"네 새엄마와 두 의붓언니는 익히 들어서 알지. 네가 찾는 불을 주도록 하마. 내 집에서 먹고 지내도 돼. 대신에 나를 위해 일을 해야 한다."

바바야가는 기분 나쁘게 웃으며 말했다.

마녀가 오두막 문에게 열려라! 하고 명령하자 문이 열렸다. 마녀가 들어갔고 바실리사도 따라 들어갔다. 절구통, 절굿공이와 빗자루는 알아서 제자리에 돌아갔고, 마녀는 의자에 털썩 앉으며 소리쳤다.

"배고파 죽겠구나. 화덕에서 먹을 것을 찾아 내와라."

바실리사는 부엌에서 분주히 움직이며 먹을 것을 찾아 내갔다. 구운 고기, 생선, 빵, 버섯, 꿀물, 포도주와 독한 술을 가져오자, **바바야가**는 마파람에 게 눈 감추듯 먹어 치웠다. 식사를 끝낸 마녀가 말했다.

"난 내일 나갔다 올 테니 내가 돌아올 때까지 마당을 쓸고, 집 안을 치우고, 빨래를 해 놔라. 마당 창고에 쌓인 밀에서 지푸라기도 다 골라내고. 그리고 저녁 식사를 준비해 놔. 만약 시킨 일을 다 해 놓지 않으면 널 잡아먹을 거야!"

말을 마친 마녀는 눈을 감고 쿨쿨 잠들었다.

바실리사는 절망했다. 바바야가가 시킨 일을 다 해낼 수 없을 거란 생각에 조용히 눈물을 흘렸다. 바실리사는 바바야가의 입속으로 들어가지 않은 음식 부스러기를 모아서 **인형**에게 주었다. 그러자 인형이 말했다.

"바실리사, 절망하지 마. 아침은 밤보다 현명해.◆ 그러니까 가서 자고, 아

◆ 아침에 관련된 러시아 속담. 전날 밤에 어렵게 생각되었던 문제를 다음 날 아침에 생각하면 오히려 쉽게 풀리는 경우를 빗댄 표현(옮긴이)

무엇도 두려워하지 마!"

　이튿날, 바실리사가 일어났을 때, 해골의 불빛은 약해졌다. 흰 기사에 이어서 붉은 기사가 숲속의 빈터를 빠르게 가로질렀다. 바바야가도 일어났다. 곧바로 절구통, 절굿공이와 빗자루가 마녀에게 모였다.

　마녀가 떠나고 혼자 남은 **바실리사**는 인형을 꺼냈다. 바실리사가 집 안을 청소하는 동안에 인형은 창고 일을 했다. 인형이 자그마한 손으로 밀에서 지푸라기를 빠르게 골라내는 동안에 바실리사는 집안일을 마치고 저녁 식사를 준비하기 시작했다.

　저녁이 되어 검은 기사가 숲속의 빈터로 달려오자, **바바야가**도 나타났다. 바바가야는 중얼거리면서 바닥부터 천장까지 샅샅이 훑었다. 흠잡을 데가 하나도 없었다. 마녀는 게걸스럽게 저녁을 먹어 치운 뒤, 잠자러 가면서 말했다.

　"내일도 나갔다 올 테니 오늘 한 일에다가 저 큰 통에 담긴 양귀비 씨앗들을 먼지 하나 없게 깨끗이 닦는 일까지 마치거라. 그리고 저녁 식사를 준비해. 시킨 일을 다 해 놓지 않으면 널 잡아먹을 거야!"

　바바야가는 잠이 들었다. 바실리사는 전날처럼 눈물을 흘렸지만, 인형이 위로하며 다독였다.

　다음 날도 전날과 똑같았다. 집에 돌아온 바바야가가 바닥부터 천장까지 구석구석 검사했지만, 흠잡을 데가 하나도 없었다.

　오늘 저녁은 **바바야가**가 평소보다 덜 사나웠다. 기분도 풀어져서 말이 많아졌다. 바바야가는 바실리사에게 말했다.

"넌 일을 참 잘하는구나. 현명하고 아주 착해. 나한테 질문을 하나 해 봐라! 그 정도의 용기가 있다면 말이야!"

바실리사는 숨을 크게 들이마신 뒤에 물었다.

"할머니, 이 주변에서 매일 보이는 세 기사는 누군가요?"

"좋은 질문이야. 내 일과 상관이 없으니까! 세 기사는 내 부하들이야. 흰 얼굴에 흰 갑옷을 입고 흰말을 타는 기사는 **새벽**이야. 붉은 얼굴에 붉은 갑옷을 입고 붉은 말을 타는 기사는 **태양**이지. 검은 얼굴에 검은 갑옷을 입고 검은 말을 타는 기사는 **밤**이란다."

바바야가가 말을 이었다.

"이번에는 내가 질문을 하마. 넌 어떻게 내가 시킨 일을 빠짐없이 다 해 놓을 수 있었지?"

"엄마의 축복 덕분이에요."

바실리사는 부드럽게 말했다.

축복받은 사람을 질색하는 **바바야가**가 그 말을 듣고 펄쩍 뛰며 바실리사를 내쫓았다. 그러나 문을 닫고 들어가기 전에 울타리에서 해골 하나를 뽑아 막대기에 꽂아서 바실리사의 손에 쥐여 줬다.

"자, 네가 달라고 했던 불이야. 네 새엄마와 그 딸들에게 가져다줘라. 이것 때문에 네가 여기까지 왔으니까."

바실리사는 밤새 걷고, 또 온종일 걸었다. 땅거미가 거뭇거뭇 내리기 시작할 때, 마침내 집이 보였다. 그런데 창문으로 새어 나오는 불빛이 하나도 없었다. 마치 아직 낮이라 불빛이 필요 없다고 하는 것 같았다. 그래서 바실리사는 해골을 던져 버리려고 했는데, 해골의 턱뼈에서 동굴 속에서 울리는 듯한 굵직한 목소리가 나서 멈칫했다.

"날 버리지 마. 난 네 새엄마와 의붓언니들에게 볼일이 있어. 날 그들에게 가져가. 그들이 날 가져오라고 했잖아."

바실리사는 해골의 말대로 했다. 그런데 바실리사가 현관문을 열자 뜻밖에도 새엄마와 두 의붓언니가 두 팔을 벌리고 달려 나왔다. 그들이 이렇게 반기는 것은, 바실리사가 없는 동안 불이 전혀 없어서 고생을 했기 때문이었다. 그래서 바실리사가 들고 있는 해골에서 불빛이 반짝이기 시작하자, 새엄마와 두 언니의 눈이 희번덕거렸다. 갑자기 해골의 불빛이 강해지면서 뜨거워졌다. 해골의 두 눈이 새엄마와 두 언니를 쏘아보았다. 곧장 불길이 옮겨붙어

그들을 완전히 잿더미로 만들었다. 그제야 해골의 불빛은 꺼졌고, 모든 것이 다시 조용해졌다. **바실리사**만 살아남았다.

바실리사는 인형, 해골과 함께 동그마니 남았다. 앞으로 어떻게 될지 몰라 밤새 잠을 이루지 못했다. 그토록 구박받았던 집에서 혼자 있을 수 없었다. 게다가 집은 **바바야가**가 사는 숲의 가장자리에 있었다. 바실리사는 다른 곳에 피신해서 아빠가 돌아오기를 기다리기로 했다.

이튿날 아침, 바실리사는 열쇠로 문을 잠그고 해골을 조심스럽게 땅에 묻은 뒤에 소중한 인형을 봇짐에 챙겨 넣었다. 가장 가까운 마을까지 걸어간 바실리사는 **할머니** 한 분을 만났는데, 자신에게 따뜻이 대해 주는 할머니에게 그동안 겪은 불행을 털어놓게 되었다. 할머니는 바실리사를 불쌍히 여겨 자신의 집에 머물게 했다.

바실리사는 할머니의 애정 어린 보살핌에 보답하기 위해 아마실 잣는 일을 돕겠다고 했다. 바실리사는 워낙 솜씨가 뛰어나서 어떤 방적기도 따라올 수 없을 정도로 실을 가느다랗게 자아냈다. 게다가 인형의 도움 없이 낡은 얼레빗◆, 베틀의 북◆과 갈기털로 하룻밤 사이에 긴 실을 만들었다. 바실리사가 실을 짜기 시작하자, 바늘귀로도 지나갈 정도로 아주 얇은 천이 만들어졌다.

"이 옷감을 파세요. 판 돈은 할머니께서 가지세요. 제가 드릴 수 있는 고마움의 표시예요."

바실리사는 자신의 은인에게 말했다. 그때 할머니에게 좋은 수가 떠올랐다. 이 정도로 훌륭한 옷감은 차르◆에게 어울리겠다고 생각한 것이다! 당장

◆ **얼레빗** 빗살이 굵고 성긴 큰 빗 ◆ **북** 베틀에서 날실 틈으로 왔다 갔다 하면서 씨실을 푸는 기구
◆ **차르** 옛 러시아 황제를 가리키는 칭호

에 옷감을 팔에 둘둘 말아 궁전으로 가져갔다. 차르는 훌륭한 옷감을 보고는
감탄하며 할머니에게 옷을 지어 달라고 했다.

"실은 제가 실을 자아서 짠 옷감이 아닙니다. 저와 함께 사는 아주 어여쁘
고 마음씨가 착한 아가씨가 만들었습니다."

할머니가 공손하게 대답했다.

"그렇다면 어서 가서 옷을 만들라 하시오."

할머니는 차르의 명령을 받고 곧장 집으로 돌아왔고, 바실리사는 차르의
옷을 만들기 시작했다. 솜씨 좋게 열두 벌의 옷을 멋지게 지어서 차르에게 바
쳤다. 차르는 감탄하며 곧장 옷을 지은 아가씨를 데려오게 했다.

바실리사를 본 차르는 한눈에 반해 청혼했다. 바실리사는 차르와 결혼해
궁전에서 오래오래 행복하게 살았다.

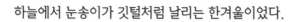

하늘에서 눈송이가 깃털처럼 날리는 한겨울이었다.

왕비는 흑단 창틀 앞에 앉아서 바느질을 하고 있었다. 눈이 날리는 것을 바라보며 바늘을 잡아당기다가 그만 손가락을 찔러 피 세 방울이 눈 위에 똑똑똑 떨어졌다. 흰 눈에 떨어진 붉은색이 너무나도 아름다워서 왕비는 생각했다.

'눈처럼 희고, 피처럼 붉고, 흑단 창틀처럼 검은 아이가 생겼으면!'

얼마 지나지 않아 딸이 태어났다. 아기의 피부는 눈처럼 희고, 입술은 피처럼 붉고, 머리카락은 흑단처럼 검었다. 그래서 아기의 이름을 **백설공주**라고 지었다. 그러나 왕비는 아기를 낳다가 세상을 떠나고 말았다.

일 년이 흘러 **왕**은 새 왕비와 결혼했다. 새 왕비는 아름다웠지만, 오만하고 자존심이 세서 자기보다 예쁜 사람을 두고 보지 못했다. 왕비는 **요술 거울**을 가지고 있었는데, 거울 앞에 설 때마다 이렇게 물었다.

"거울아, 예쁜 거울아, 세상에서 누가 제일 예쁘니?"

거울이 대답했다.

"왕비님이 세상에서 제일 예쁩니다."

25

그러면 왕비는 만족했다. 거울이 진실만 말한다고 알기 때문이었다. 그러나 백설공주는 자라면서 점점 예뻐졌다. 열일곱 살이 되었을 때는 이미 왕비보다 훨씬 예쁘고 아름다웠다. 어느 날, 왕비가 거울에게 물었다.

"거울아, 예쁜 거울아, 세상에서 누가 제일 예쁘니?"

거울이 대답했다.

"이곳에서는 왕비님이 제일 예쁩니다. 그러나 백설공주가 천배 더 예쁩니다."

왕비는 충격을 받았다. 질투심에 얼굴이 노래지다 못해 초록색이 되었다. 그때부터 왕비는 백설공주를 볼 때마다 가슴속에서 심장이 뒤집어졌다. 그만큼 공주에게 증오심을 느꼈다. 왕비의 내면에서 질투심과 자존심이 잡초처럼 자랐다. 왕비는 밤낮으로 마음의 안정을 잃어버렸다. 급기야 **사냥꾼**을 불러서 말했다.

"공주를 숲으로 데려가! 더는 보고 싶지 않아. 공주를 죽이고 그 증거로 공주의 허파와 간을 가져와라."

사냥꾼은 왕비의 명령을 따라 **백설공주**를 숲으로 데려갔다. 그러나 칼을 빼서 백설공주의 순결한 심장을 찌르려는 순간, 백설공주가 울면서 매달렸다.

"사냥꾼 아저씨, 제발 목숨만 살려 주세요! 깊은 숲속으로 들어가서 다시는 집에 돌아가지 않을게요."

사냥꾼은 백설공주가 측은하다는 생각이 들었다.

"어서 도망쳐라!"

'어차피 숲속 사나운 짐승들에게 금방 잡아먹히고 말 거야!'라고 사냥꾼은 생각했다. 어쨌든 백설공주를 죽이지 않아도 돼서 마음이 놓였다. 때마침 새끼 멧돼지가 지나갔다. 사냥꾼은 칼로 새끼 멧돼지를 잡아 허파와 간을 꺼내 백설공주를 죽였다는 증거로 **왕비**에게 가져갔다.

못된 왕비는 사냥꾼에게 받은 허파와 간을 요리사에게 요리로 만들게 해서 먹어 치웠다. 왕비는 당연히 백설공주를 먹었다고 생각했다.

그 시각 가엾은 소녀, 백설공주는 숲 한가운데 오도카니 서 있었다. 겁에 질린 채 숲의 모든 나뭇잎을 둘러봤다. 앞으로 어떻게 해야 할지 몰랐다. 백

설공주는 달리기 시작했다. 뾰족한 돌밭에 넘어지고, 가시나무에 할퀴였다. 야생 짐승들이 백설공주 주위에서 펄쩍펄쩍 뛰었지만 해치지는 않았다. 백설공주는 두 다리가 버틸 수 있을 때까지 오래 달렸다. 마침내 작은 집이 보였다. 백설공주는 쉬고 싶다는 생각에 집으로 들어갔다. 작은 집 안에는 모든 것이 작고, 귀엽고, 깨끗했다. 작은 식탁에는 흰 식탁보가 깔렸고, 작은 접시 일곱 개, 작은 숟가락 일곱 개, 작은 포크 일곱 개와 작은 나이프 일곱 개, 그리고 작은 잔도 일곱 개씩 놓여 있었다. 벽에는 작은 침대 일곱 개가 나란히 있고, 새하얀 침대보가 덮여 있었다. **백설공주**는 너무 배가 고프고, 목이 말라서 각 접시에 담긴 채소와 빵을 조금씩 먹고, 각 잔에 담긴 포도주도 한 방울씩 먹었다. 왜냐하면 한 사람의 몫을 다 먹어 버리고 싶진 않았기 때문이다. 고단한 백설공주는 잠을 자러 갔다. 그러나 백설공주에게 맞는 침대가 없었다. 어떤 침대는 너무 길고, 어떤 것은 너무 짧았다. 백설공주는 침대마다 다 누워 봤다. 마침내 일곱 번째 침대가 딱 맞았다. 백설공주는 일곱 번째 침대에 올라가 하나님께 기도를 드리고 잠들었다.

캄캄한 밤이 되자, 집주인들이 돌아왔다. 광산에서 일하는 **일곱 난쟁이**였다. 일곱 명의 난쟁이들은 일곱 개의 등잔을 켰고, 집 안이 환해지자 누군가 들어왔다는 사실을 알아차렸다. 왜냐하면 모든 것이 집을 나설 때와 같지 않았기 때문이다.

첫 번째 난쟁이가 말했다. "누가 내 의자에 앉았지?"

두 번째 난쟁이가 말했다. "누가 내 접시의 음식을 먹었지?"

세 번째 난쟁이가 말했다. "누가 내 빵을 먹었지?"

네 번째 난쟁이가 말했다. "누가 내 채소를 먹었지?"

다섯 번째 난쟁이가 말했다. "누가 내 포크를 썼지?"

여섯 번째 난쟁이가 말했다. "누가 내 나이프로 잘랐지?"

일곱 번째 난쟁이가 말했다. "누가 내 컵에 든 포도주를 마셨지?"

첫 번째 난쟁이가 두리번거리다가 흐트러진 자신의 침대를 봤다.

"누가 내 침대를 건드렸지?"

그 말에 다른 난쟁이들도 쪼르르 달려와 살펴보며 외쳤다.

"내 침대도 누가 누웠나 봐!"

일곱 번째 난쟁이가 자기 침대에 갔다가 잠든 백설공주를 봤다. 일곱 번째 난쟁이는 다른 난쟁이들을 불렀다. 모두 쪼르르 달려와 보고는 놀라 비명을 질렀다. 일곱 개의 등잔을 가져와 **백설공주** 얼굴에 비췄다.

"아이고 세상에! 아이고 세상에! 정말 예쁜 아이야!"

난쟁이들은 백설공주가 너무 예뻐서 깨우지 않고 작은 침대에서 자게 내 버려 뒀다. 일곱 번째 난쟁이는 한 시간에 한 번씩 다른 난쟁이의 침대에 누웠다가 옮기면서 밤을 보냈다.

아침이 되어 잠에서 깬 백설공주는 일곱 명의 난쟁이들을 보고 흠칫 놀랐다. 그러나 일곱 난쟁이는 따뜻한 눈으로 백설공주를 바라보며 질문을 했다.

"이름이 뭐야?"

"백설공주예요."

"어떻게 우리 집까지 왔어?"

백설공주는 **새엄마**가 자신을 죽이려고 했지만, **사냥꾼**이 목숨을 살려 줬고, 온종일 달려서 이 작은 집까지 오게 되었다고 말했다.

난쟁이들이 백설공주에게 제안했다.

"네가 우리 집을 맡아서 청소하고, 음식을 만들며, 침대를 정리하고, 빨래하고, 바느질하고, 뜨개질하고, 집 안을 깔끔하게 싹 정돈해 준다면 우리와 같이 있어도 돼. 네가 하고 싶은 대로 하면서 말이야."

백설공주가 대답했다.

"좋아요. 그럴게요!"

그렇게 해서 백설공주는 난쟁이들과 살면서 집안일을 담당했다. 아침마다 난쟁이들은 철과 금을 캐러 산으로 갔고, 저녁이면 집으로 돌아와 백설공주가 준비한 식사를 했다. 마음씨 착한 난쟁이들은 온종일 집에 혼자 있는 백설공주가 걱정이 돼 주의를 줬다.

"새 왕비를 조심해야 돼! 네가 여기 있는 걸 곧 알게 될 거야! 아무도 집에 들이지 마!"

그사이에 왕비는 백설공주가 죽었기 때문에 자기가 세상에서 가장 예쁘다고 생각하며 거울 앞에 서서 물었다.

"**거울아**, 예쁜 거울아, 세상에서 누가 가장 예쁘니?"

"이곳에서는 왕비님이 제일 예쁩니다. 그러나 청동산 너머 친절한 난쟁이들과 사는 백설공주가 천배 더 예쁩니다."

왕비는 충격을 크게 받았다. 거울은 거짓말을 못한다는 걸 알기 때문이었다. 왕비는 그제야 사냥꾼이 자신을 속였고, 공주는 여전히 살아 있다는 걸 깨달았다.

왕비는 백설공주를 죽일 새로운 방법을 찾아 궁리했다. 그렇지 않으면 세상에서 가장 예쁠 수 없고, 질투심에 마음의 평안도 얻지 못할 테니까. 마침내 계략을 세워 떠돌이 **방물장수**◆처럼 얼굴에 분칠을 하고 옷을 꾸며 입었다.

그렇게 변장한 왕비는 일곱 산을 넘어 **일곱 난쟁이**가 사는 집에 다다랐다. 문을 두드리며 말했다.

"좋은 물건이 있어요. 사세요!"

백설공주가 창문으로 내다보며 말했다.

"안녕하세요, 할머니. 무엇을 파세요?"

"예쁘고 좋은 물건이 많지요. 온갖 색깔의 끈도 있어요."

노파는 색색깔의 비단 끈을 보여 주며 말했다.

'이 할머니는 정직해 보여. 들어오게 해도 될 거야!'

백설공주는 문빗장을 풀어 문을 열고 예쁜 끈을 샀다.

"어떻게 매는지 보여 줄게요. 이리 와 봐요!"

백설공주는 전혀 의심하지 않았기 때문에 노파에게 다가가 몸을 내밀었다. 그 순간 노파는 빠르고 아주 세게 끈을 맸고, 백설공주는 숨을 멈추며 죽은 듯이 쓰러졌다.

◆ **방물장수** 화장품, 바느질 기구 등의 물건을 팔러 다니는 여자

31

"이제는 네가 가장 예쁘지 않아."

노파는 중얼거리며 집을 빠져나갔다.

저녁이 되어 집에 돌아온 일곱 난쟁이는 땅바닥에 죽은 듯이 쓰러져 있는 백설공주를 발견하고 소스라치게 놀랐다! 난쟁이들은 백설공주를 일으키다 가 허리끈이 너무 세게 조인 것을 보고는 얼른 끊었다. 백설공주가 서서히 숨 을 쉬기 시작하더니 천천히 정신을 차렸다. 어찌 된 일인지 알게 된 난쟁이 들이 말했다.

"그 늙은 방물장수는 못된 왕비였던 게 분명해. 조심해! 우리가 집에 없을 때에는 아무에게도 문을 열어 주면 안 돼!"

못된 왕비는 성으로 돌아오자마자 거울 앞에 서서 물었다.

"거울아, 예쁜 거울아, 세상에서 누가 제일 예쁘니?"

거울이 또다시 대답했다.

"이곳에서는 왕비님이 제일 예쁩니다. 그러나 청동산 너머 친절한 난쟁이 들과 사는 백설공주가 천배 더 예쁩니다."

거울의 말에 왕비는 백설공주가 살아났다는 걸 알고 심한 충격을 받았다.

"백설공주를 영원히 없앨 방법을 찾아야겠어!"

왕비는 마법을 써서 독이 든 빗을 만들었다. 그리고 또 다른 노파의 모습 으로 변장했다.

왕비는 일곱 산을 넘어 일곱 난쟁이가 사는 집에 다다랐다. 문을 두드리며 소리쳤다.

"좋은 물건 있어요!"

백설공주는 창문으로 내다보며 말했다.

"그냥 가세요! 아무에게도 문을 열 수 없어요!"

"그러면 구경만 해 봐요! 내가 예쁘게 빗어 줄게요."

노파는 독이 묻은 빗을 보여 주면서 말했다. 가엾은 백설공주는 아무것도 눈치채지 못한 채 머리에 빗을 꽂게 했다. 빗이 머리카락에 닿자마자, 독이 퍼져서 백설공주는 정신을 잃고 쓰러졌다.

"자, 미의 여신이여, 이제 넌 끝났구나!"

노파는 차갑게 말하고는 가 버렸다.

다행히도 해가 일찍 져서 일곱 난쟁이가 집에 빨리 돌아왔다. 바닥에 죽은 듯이 쓰러진 백설공주를 보고는 곧장 못된 왕비를 떠올리며 이리저리 살펴서 독이 든 빗을 찾아냈다. 난쟁이들이 빗을 빼자, **백설공주**는 다시 정신을 차렸고, 무슨 일이 있었는지 얘기했다. 난쟁이들은 다시 한 번 주의를 주며 아무에게도 문을 열어 주면 안 된다고 말했다.

성으로 돌아간 **왕비**는 거울 앞에 서서 물었다.

"거울아, 예쁜 거울아, 세상에서 누가 제일 예쁘니?"

거울은 지난번과 똑같이 대답했다.

"이곳에서는 왕비님이 제일 예쁩니다. 그러나 청동산 너머 친절한 난쟁이

들과 사는 백설공주가 천배 더 예쁩니다."

거울의 말을 들은 왕비는 화가 머리끝까지 치밀어 몸을 부르르 떨었다.

"백설공주는 죽어야 해! 내가 꼭 없애고야 말겠어!"

왕비는 아무도 모르는 어두컴컴하고 외딴 방에 들어가 독이 든 사과를 만들었다. 겉모양이 하얗고 붉고 예뻐서 보기만 해도 군침이 돌 정도였다. 그러나 한 조각만 먹어도 죽게 되어 있었다. 모든 준비를 마친 왕비는 얼굴에 분칠을 하고, **시골 아낙네**처럼 변장했다. 그렇게 꾸미고 일곱 산을 넘어서 일곱 난쟁이가 사는 집에 갔다. 시골 아낙네로 변장한 왕비가 문을 두드렸다.

백설공주는 창밖을 내다보며 말했다.

"이곳에는 아무도 들일 수 없어요. **일곱 난쟁이**가 절대 안 된다고 했어요."

"알겠어요. 딴 데서는 파는 거지만, 아가씨에게는 특별히 그냥 줄게요!"

"아니요! 어떤 것도 받을 수 없어요."

시골 아낙네의 말에 백설공주가 강하게 말했다.

"독이 들었을까 봐 겁이 나나요? 봐요. 사과를 반으로 나눌게요. 붉은 쪽은 아가씨가 먹고, 하얀 쪽은 내가 먹으면 되잖아요."

사과는 교묘하게 만들어서 붉은 쪽에만 독이 들어 있었다. **백설공주**는 붉은 사과를 보니 군침이 돌았고, 아낙네가 먹는 모습을 보니 더는 참지 못해 독이 든 사과를 덥석 받아먹었다. 백설공주는 사과에 입을 대기가 무섭게 풀썩 쓰러졌다. **왕비**는 심술궂게 바라보고, 비웃으면서 말했다.

"눈처럼 희고, 피처럼 붉고, 흑단처럼 검은 너! 이번에는 **난쟁이들**도 살리지 못할 거야!"

성으로 돌아온 왕비는 **거울**에게 물었다.

"거울아, 예쁜 거울아, 세상에서 누가 제일 예쁘니?"

마침내 거울이 대답했다.

"왕비님이 세상에서 제일 예쁩니다."

그제야 질투심에서 벗어나 마음의 안정을 되찾았다.

저녁이 되어 집에 돌아온 난쟁이들은 바닥에 쓰러져 숨을 쉬지 않는 **백설공주**를 발견했다. 난쟁이들은 공주를 들어서 독이 든 물건을 이리저리 찾아봤다. 끈도 풀고, 머리를 만져 보며, 물과 포도주로 씻겼다. 그러나 아무런 소용이 없었다. 사랑스러운 공주는 깨어나지 않았다. 난쟁이들은 백설공주를 들것에 옮기고 주위에 둘러앉아서 사흘 내내 울었다. 그리고 땅에 묻을 준비를 했다. 그러나 공주는 여전히 살아 있는 사람처럼 생기가 있고, 전과 다름없이 뺨이 발그레했다.

난쟁이들이 말했다.

"백설공주를 시커먼 흙 속에 묻을 수 없어."

　난쟁이들은 사방에서 공주를 볼 수 있는 유리관을 만들었다. 관에 공주를 눕힌 후, 황금색으로 공주의 이름을 적고 왕의 딸이라고 덧붙였다. 난쟁이들은 관을 산꼭대기에 두고, 한 명씩 돌아가면서 백설공주의 곁을 지켰다.

　백설공주는 그렇게 오랫동안 관에 누워 있었다. 세상에서 가장 아름다운 미모를 간직한 채로…….

　어느 날, **왕자**가 숲을 거닐다가 하룻밤을 머물기 위해 난쟁이들의 집을 찾아왔다. 그리고 산꼭대기에 있는 관과 그 안에 누운 아름다운 백설공주를 봤다. 왕자가 **난쟁이**들에게 말했다.

　"이 관을 내게 주시오. 원하는 대로 드리겠소!"

　그러나 난쟁이들이 대답했다.

　"세상의 모든 금을 준다고 해도 드릴 수 없어요!"

　왕자가 말했다.

　"그러면 그냥 주시오. 난 백설공주를 보지 않고는 살 수 없을 것 같소. 백설공주를 나의 사랑하는 여인으로 기리며 간직하고 싶소."

　그 말을 들은 착한 난쟁이들은 측은한 마음이 들어 왕자에게 관을 내줬다. 왕자는 **하인**들에게 관을 옮기게 했다.

　어깨에 관을 메고 가던 하인 중 한 명이 그루터기에 발이 걸려 비틀거려 관이 크게 흔들렸다. 그 바람에 공주가 먹었던 독사과 조각이 목구멍에서 튀어나왔다. 그러자 **백설공주**는 눈을 떴고, 관 뚜껑을 열고 일어났다. 공주가 또 한 번 살아났다!

"여기가 어딘가요?"

공주가 물었다.

"내 곁에 있는 거예요."

왕자는 기뻐하며 공주에게 그동안 있었던 일을 얘기했다. 그리고 덧붙여 말했다.

"나는 세상 어느 누구보다 당신을 사랑합니다. 나와 함께 가요. 나의 아내가 되어 주시오."

백설공주는 왕자의 청을 받아들였다. 왕자와 함께 가서 성대하고 화려한 결혼식을 올렸다. 결혼식에는 백설공주의 계모인 **못된 왕비**도 초대되었다. 가장 아름다운 옷을 입은 왕비는 거울 앞에 서서 물었다.

"**거울아**, 예쁜 거울아, 세상에서 누가 제일 예쁘니?"

거울이 대답했다.

"이곳에서는 왕비님이 제일 예쁩니다. 그러나 젊은 왕자비가 천배는 더 예쁩니다."

못된 왕비는 분노에 부르르 떨면서 고함을 쳤다. 너무나 혼란스러워서 어찌할 바를 몰랐다. 왕비는 처음에는 결혼식에 가지 않으려고 했지만, 이내 마음을 바꿨다. 세상에서 가장 예쁘다는 젊은 왕자비를 보러 가지 않을 수 없었다.

궁전에 들어간 왕비는 백설공주를 알아보고는 공포와 불안에 휩싸여 그대로 얼어붙었다.

그러나 이미 왕비 앞에 불타는 숯불에 넣어 벌겋게 달군 철 구두가 놓여
졌다. 왕비는 그 구두를 신고 발이 불탈 때까지 춤을 춰야 하는 벌을 받아 죽
고 말았다.

옛날에 왕과 왕비가 살았는데, 아기가 없어서 큰 슬픔에 빠졌다. 이루 말할 수 없을 정도로 큰 슬픔이었다.

마침내 **딸**이 태어났다. 아름다운 세례식이 준비되었다. 왕국에 사는 모든 **요정들**(모두 일곱 명)이 대모로 초대되었다. 당시 요정의 관습에 따라 대모가 되는 요정은 아기에게 한 가지씩 선물을 줄 수 있었는데, 왕과 왕비는 이 방법을 통해 아기 공주에게 상상할 수 있는 모든 완벽함을 주고 싶었다.

세례식이 끝나자, 성에서 요정들을 위한 큰 잔치가 열렸다. 요정들의 자리마다 다이아몬드와 루비가 박힌 순금 상자가 놓였고, 상자 안에는 순금 숟가락, 포크와 나이프가 들어 있었다. 요정들이 식탁에서 자기 자리에 앉으려고 할 때, **늙은 요정**이 들어왔다. 오십 년이 넘게 탑에서 나오지 않아 죽거나 마법에 걸렸다고 생각해서 초대하지 않았던 요정이었다.

왕은 늙은 요정에게도 자리를 마련해 주었지만, 다른 요정들과 같은 순금 상자를 내올 수는 없었다. 왜냐하면 **일곱 요정**에 맞춰 딱 일곱 개의 순금 상자만 준비했기 때문이다. 늙은 요정은 무시를 당

했다고 생각해 저주 섞인 말을 나지막이 내뱉었다. 옆에 있던 어린 요정은 이를 듣고는 늙은 요정이 **어린 공주**에게 저주를 내릴 것이라고 판단해, 재빨리 커튼 뒤로 몸을 숨겼다. 늙은 요정이 아기 공주에게 저주를 내리면, 저주를 풀수 있게 자신이 맨 마지막에 축복을 하려고 말이다.

그사이에 요정들이 공주에게 선물을 주기 시작했다. 가장 어린 요정이 나와 아기 공주는 세상에서 가장 아름다운 사람이 될 것이라고 축복했다. 다음 요정은 천사와 같은 마음씨를 가질 것이라고 했다. 세 번째 요정은 공주가 모든 일에 놀라운 재능을 보일 것이라고 했다. 네 번째 요정은 공주가 춤을 잘출 것이라고 했고, 다섯 번째 요정은 꾀꼬리처럼 노래를 잘할 것이라고 했으며, 여섯 번째 요정은 모든 악기를 훌륭하게 연주할 것이라고 축복했다. **늙은 요정**의 차례가 되었다. 늙은 요정은 나이가 들어서라기보다 화를 참지 못해 고개를 이리저리 흔들면서 공주는 물레에 찔려서 죽을 것이라고 저주했다.

이 끔찍한 말에 모두 벌벌 떨며 눈물을 흘리지 않는 사람이 없었다. 그때 어린 요정이 커튼에서 나와서 힘주어 말했다.

"왕과 왕비님, 걱정하지 마세요! 공주님은 죽지 않을 거예요. 사실 전 늙은 요정의 저주를 풀 만큼의 능력은 없어요. 그래서 공주님이 물레에 손을 찔릴 테지만, 죽지 않고 대신에 깊은 잠에 빠지도록 하겠어요. 백 년 동안 잠을 자고 나면, 왕자님이 공주님을 깨우러 올 거예요."

왕은 늙은 요정의 저주를 피하기 위해 곧바로 온 나라에 물레를 돌려서도 안 되고, 집에 물레를 둬서도 안 된다는 명령을 내렸다.

　십오륙 년이 흘러 왕과 왕비는 여름 궁전으로 여행을 떠났다. **어린 공주**는 성안을 뛰어다니며 방을 하나씩 구경하다가 성의 큰 탑 꼭대기까지 올라갔다. 그곳에는 작은 다락방이 있었는데, **할머니** 혼자 물레를 돌리고 있었다.

　할머니는 왕이 물레질을 금지시켰다는 사실을 모르고 있었다. 공주는 신기해하며 물었다.

　"할머니, 뭐 하세요?"

　"실을 잣고 있지요, 아가씨."

　할머니는 상대가 공주인지도 모른 채 대답했다.

"이야, 참 예쁘네요! 어떻게 하는 거예요? 한번 해 보고 싶어요. 좀 줘 보세요."

공주는 물레를 잡아 본 적이 없었고, 아주 활발하고, 좀 덤벙대서, 그리고 요정들의 결정이 그렇게 되어 있었기 때문에, 물레를 잡자마자 손가락을 찔려 그 자리에서 풀썩 쓰러졌다.

할머니는 깜짝 놀라 사람들에게 도와 달라고 소리쳤다. 사람들이 몰려와 공주의 얼굴에 물을 뿌리고, 옷을 헐렁하게 풀어 주며, 손으로 얼굴을 탁탁 치며, 치유의 물로 관자놀이를 문질렀다. 그러나 공주는 깨어나지 않았다.

이 소식을 듣고, 황급히 말을 타고 돌아온 왕은 요정들의 예언이 떠올랐다. 요정들의 말이니 어쩔 수 없는 일이었다고 판단한 왕은 공주를 성에서 가장 아름다운 방에 금실과 은실로   수놓은 침대에 눕혔다. 공주는 천사처럼 아름다웠다. 기절   했어도 생생한 얼굴색은 그대로이고,

양 볼은 발그스름하고, 입술은 붉었다. 눈만 감았을 뿐, 부드럽게 숨 쉬는 소리가 들렸기 때문에 공주가 살아 있다는 걸 알 수 있었다.

왕은 공주가 잠에서 깨어날 때까지 편히 잘 수 있도록 가만히 둘 것을 명했다. 공주에게 백 년 동안 잠을 잘 것이라고 축복해서 공주의 목숨을 구한 착한 요정은 십이만 리(사만 팔천 킬로미터)나 떨어진 마타킨 왕국에서 공주의 사고 소식을 들었다. 한 걸음에 칠십 리(이십팔 킬로미터)씩 가는 장화를 신은 난쟁이가 소식을 전해 준 덕분에 바로 알 수 있었다. 요정은 당장에 길을 나섰다. 용들이 이끄는 불 수레를 타고서 한 시간 만에 성에 도착했다. 왕이 마중을 나와 요정이 수레에서 내릴 때 손을 잡아 주었다. 요정은 왕이 한 일을 모두 칭찬했다. 요정에겐 앞을 내다보는 지혜가 있었는데, 공주가 잠에서 깨어나면 오래된 성에 혼자 남아 있어서 무척 당황할 것이라고 예상했다.

요정은 왕과 왕비를 제외한 성안에 있는 모든 사람을 요술 지팡이로 쳤다. 가정 교사, 시녀, 바느질하는 여자, 귀족, 신하, 요리사, 요리사의 조수, 주방 심부름꾼, 호위병, 문지기 등을 톡톡 쳤다. 또 마구간에 있는 말과 마부, 가축 우리를 지키는 마스티프◆와 공주 침대 옆에 있는 작은 개까지 톡톡 쳤다. 요술 지팡이가 닿자마자 모두 잠들었다. 요정은 공주가 깨면, 이들 모두 동시에 깨도록 했다. 공주가 필요할 때 시중을 들 수 있게 말이다. 꼬치에 끼운 자고새와 꿩도 불에 들어간 채로 잠들었다. 불조차 잠들었다. 이 모든 일이 눈 깜짝할 사이에 벌어졌다. 요정들은 늘 순식간에 일을 해치운다.

왕과 왕비는 사랑하는 공주에게 가만히 입을 맞추고 성을 떠났다. 그리고

◆ **마스티프** 영국 원산의 몸집이 큰 개. 충직하고 용맹스러워서 주로 호신견으로 사육함

아무도 공주에게 다가가지 못하도록 명령을 내렸다. 그러나 그럴 필요가 없었다. 십오 분 후, 성 주위에 크고 작은 나무들이 쑥쑥 자라고, 가시가 무성하게 자라고 엉켜서 짐승도, 사람도 통과할 수 없게 되었기 때문이다. 그래서 성의 탑 꼭대기밖에 보이지 않았다. 그것도 멀리서 봐야 보였다. 이번에도 착한 **요정**이 호기심 많은 구경꾼들이 성에 들어가지 못하게 마법을 부린 것이 틀림없었다.

백 년이 지났다. 잠자는 **공주**와 다른 가문의 왕이 나라를 다스리고 있었다. 어느 날 왕의 아들이 이곳으로 사냥을 나왔다가 거대하고 **빽빽한** 숲 위로 솟은 탑을 발견했다. 왕자는 탑의 정체를 물었고, 사람들은 저마다 들은 소문을 대답했다. 어떤 이들은 유령이 사는 낡은 성이라고 했고, 또 다른 이들은 온 나라의 마녀가 모두 모이는 장소라고 했다. 가장 널리 알려진 소문은 식인 괴물이 아이들을 잡아서 성으로 데려가 먹는데, 숲을 통과할 수 있는 능력은 식인 괴물밖에 없어서 아무도 쫓아갈 수 없다는 것이었다.

왕자는 어떤 얘기를 믿어야 할지 몰랐다. 그때 나이 많은 **농부**가 말했다.

"왕자님, 예전에 제 아버지께서 들려주신 이야기가 있습니다. 저 성에는 공주님이 있다고 합니다. 마법에 걸려서 백 년 동안 잠을 자는데, 왕자님만이 깨울 수 있다고 하네요. 그 왕자님이 공주님을 신부로 맞이할 수 있고요."

그 말에 젊은 **왕자**는 자신이 직접 아름다운 모험을 끝내야겠다고 생각하며 당장에 가 보기로 맘먹었다. 왕자가 숲으로 나아가자마자, 신기하게도 울창한 나무와 가시덤불이 길을 열어 왕자가 지나갈 수 있게 해 줬다.

왕자는 널따란 길 끝에 보이는 성을 향해 걸어갔다. 왕자가 지나가고 나면, 나무와 가시덤불이 다시 엉겨 붙어서 신하들은 단 한 명도 따라갈 수 없었다. 왕자는 좀 놀랐지만, 그래도 계속해서 길을 걸었다. 왕자가 성의 넓은 정원에 들어섰다. 눈에 보이는 것마다 오싹 소름이 돋았다. 무시무시하게 고요했다. 축 늘어진 사람들과 동물들은 마치 죽은 것처럼 보였다. 그러나 시종들의 발그레한 뺨과 여드름이 난 코를 보고서 그들이 죽은 게 아니라 잠잔다는 걸 알았다. 술을 마시다가 잠들었는지 사람들이 쥐고 있는 잔에는 포도주 몇 방울이 남아 있었다.

왕자는 대리석이 깔린 성안으로 들어가 계단을 올랐다. 호위병들의 방에 들어갔다. 호위병들은 열을 맞춰서 어깨에 총을 멘 채로 요란하게 코를 골았다. 왕자는 여러 방을 둘러봤다. 귀족과 귀부인들이 가득했고 모두 서거나 앉은 채로 잠들었다. 왕자는 온통 금박을 입힌 방에 들어갔다. 사방으로 커튼이 드리워진 침대에 열다섯 혹은 열여섯 살쯤 되어 보이는 **공주**가 누워 있었다. 공주는 눈부실 정도로 아름답고, 밝고 성스러운 분위기를 풍겼다. 왕자는 떨면서 감탄하면서 다가가 공주의 곁에 무릎을 꿇었다.

그러자 마치 마법이 끝난 듯이 공주가 깨어나 왕자를 쳐다봤다.

"당신이 나의 **왕자님**인가요? 오래도록 기다렸어요!"

공주의 말에 반한 왕자는 자신도 얼마나 기쁘고 감사한지 말하고 싶은데, 뭐라고 말해야 할지 떠오르지 않았다. 왕자는 당황한 나머지 횡설수설했다.

그사이에 성안에 있는 사람들도 모두 공주와 함께 잠에서 깼다. 각자 해야

할 일을 떠올렸다. 그런데 무엇보다 다들 배가 고파서 죽을 지경이었다. 시녀는 더는 참지 못하고 고기 요리가 준비됐다고 큰 소리로 말했다. **왕자**는 아주 화려하게 옷을 갖춰 입은 공주가 일어날 수 있도록 부축했다. 그러나 왕자는 공주의 차림이 할머니 같다고 말하지 않았다. 공주는 유행이 한참 지난 옷을 입고 있어도 여전히 아름다웠다.

두 사람은 거울의 방에 들어가 저녁 식사를 했다. **공주**의 신하들이 시중을 들었다. 바이올린과 오보에 연주자들이 흘러간 옛날 곡들을 연주했다. 연주되지 않은 지 거의 백 년이나 된 곡들이지만 훌륭했다. 식사가 끝나자, 사제가 두 사람을 성안에 있는 예배당으로 데려가서 결혼식을 올려 주었다. 왕자는 공주와 함께 이 년 넘게 살았고, 두 명의 자녀를 낳았다. 첫째는 딸이었는데 **새벽**이라고 이름을 지었다. 둘째는 아들이었는데 **낮**이라고 지었다. 첫째보다 아름다웠기 때문이다.

왕자는 이 년 만에 자신의 성에 갔다. 왕비는 아들에게 무슨 일이 있었는지 여러 차례 물었지만, 왕자는 입을 열지 않았다. 왕자는 어머니를 사랑했지만 한편으로 두려워했다. 왕비가 사람을 잡아먹는 부류였기 때문이다. 왕은 왕비의 엄청난 재산 때문에 결혼했을 뿐이었다. 성안 사람들은 왕비가 사람을 잡아먹는 습성이 있어서 어린아이들이 지나가는 것을 보면 달려들어 잡아먹고 싶은 충동을 참아 내느라 애쓴다고 수군거렸다. 그래서 왕자는 어머니에게 결코 사실대로 말할 수 없었다.

그러나 이 년 후, 왕이 세상을 떠나자, 왕자는 아버지의 뒤를 이어 왕이 되

었다. 그래서 결혼한 사실을 모두에게 알렸다. 그리고 격식을 갖추어 아내를 데리러 갔다. 왕비가 된 공주는 두 아이를 양쪽에 데리고 성에 화려하게 들어왔다.

얼마 후, 왕은 이웃 나라에 전쟁을 하러 떠나야 했다. 왕은 대비가 된 어머니에게 왕국의 일을 맡겼고, 자신이 전쟁터에 있는 여름 내내 왕비와 아이들을 잘 보살펴 달라고 부탁했다. 그러나 왕이 떠나자마자, **대비**는 며느리와 손주들을 숲속 별장으로 보내 버렸다. 그래야 자신의 무시무시한 욕망을 보다 쉽게 이룰 수 있을 테니까. 며칠 후, 대비도 별장을 찾았고, 밤이 되자 **요리사**를 불러 말했다.

"내일 저녁에는 어린 새벽이를 먹을 거야!"

"아, 마마!"

요리사는 말을 잇지 못했다.

"그 애를 먹을 거야. 로베르 소스에 먹고 싶어."

대비는 (생살이 먹고 싶은 괴물의 목소리로) 말했다. 가엾은 요리사는 사람을 잡아먹는 대비의 명령을 무시할 수 없었기에 큰 식칼을 들고 어린 **새벽이**의 방에 올라갔다. 네 살밖에 되지 않은 여자아이는 요리사를 보자마자 환하게 웃으며 뛰어와 매달리며 사탕을 달라고 졸랐다. 그 모습에 요리사는 눈물을 흘리며 들고 있던 식칼을 툭 떨어뜨렸다. 그리고 가축우리에 가서 새끼 양의 목을 땄다. 아주 맛있는 소스로 요리를 해 대비에게 바쳤고, 대비는 이렇게 맛있는 요리는 처음 맛본다며 좋아했다. 요리사는 곧장 새벽이를 자기

집에 데려가 아내에게 헛간에 숨기라고 했다.

　일주일이 지나서 잔인한 대비는 다시 요리사에게 말했다.

　"오늘 저녁은 **낮**을 먹고 싶구나."

　요리사는 아무런 대꾸도 못했지만, 지난번처럼 속이기로 맘먹었다. 그는 세 살밖에 되지 않은 어린 낮을 찾으러 갔다. 낮은 덩치 큰 원숭이와 칼싸움을 하고 있었다. 요리사는 낮을 아내에게 데려가 새벽이와 함께 숨기게 했다. 대신에 아주 부드러운 새끼 염소 요리를 해서 대비에게 가져갔고, 사람을 잡아먹는 대비는 이번에도 맛있다고 감탄하며 먹었다.

　그리고 한동안 잠잠했는데, 어느 날 저녁 **잔인한 대비**가 다시 요리사를 불렀다.

　"아이들을 먹을 때와 같은 소스로 이번에는 왕비를 먹고 싶어."

　가엾은 **요리사**는 더는 대비를 속일 수 없을 것 같아서 절망했다. 젊은 왕비는 이제 막 스무 살이 넘었고, 백 년 동안이나 잠을 자서 피부는 희고 아름다웠지만, 단단했다. 이 정도로 살이 단단한 동물을 찾을 수 있을까? 요리사는 자신이 살기 위해서 왕비를 죽이기로 결심했다. 그래서 왕비의 방으로 곧장 올라갔다. 몹시 흥분했고, 손에 칼을 든 채로 **젊은 왕비**의 방에 들어갔다. 그러나 왕비에게 충격을 주고 싶지 않아서 대비에게 받은 명령을 공손하게 설명했다.

　"받은 명령대로 당신이 할 일을 하세요."

　왕비는 자신의 목을 내밀면서 말했다.

"이제야 사랑하는 내 아이들, 불쌍한 내 아이들을 다시 볼 수 있겠네요."

왕비는 온데간데없이 사라진 아이들이 죽었다고 믿고 있었다. 마음 약한 요리사는 왕비가 불쌍해서 사실을 털어놓았다.

"아니에요, 왕비님. 죽지 않고도 사랑하는 아이들을 다시 만나실 수 있습니다. 저희 집에 잘 숨겼거든요. 이번에도 대비를 속이겠습니다. 왕비님 대신에 젊은 암사슴을 요리하면 됩니다."

요리사는 곧장 왕비를 아이들을 숨긴 헛간으로 데려갔다. 다시 만난 왕비와 아이들은 서로 부둥켜안고 울었다. 요리사는 암사슴을 요리해서 대비에게 저녁 식사로 가져갔고, 대비는 왕비인 줄 알고 맛있게 먹었다. 자신의 잔인함에 흡족해하며 왕이 돌아오면 왕비와 아이들은 미쳐 날뛰는 늑대들에게 잡아먹혔다고 거짓말할 생각이었다.

어느 날, 대비는 평소처럼 생살 냄새를 맡으려고 별장의 뜰과 농장을 돌아다니다가 헛간에서 어린 낮의 울음소리를 들었다. 왕비에게 혼이 나서 우는 소리였고, 동생을 용서해 달라고 비는 어린 새벽이의 목소리도 들렸다. 왕비와 아이들의 목소리라는 것을 알아챈 대비는 속았다는 사실에 펄펄 뛰며 모두 두려워 떨게 할 만한 무시무시한 목소리로 명령했다. 내일 당장 뜰 한가운데에 큰 통을 가져다가 두꺼비, 살모사, 물뱀을 가득 채우고, 왕비와 아이들, 요리사와 그의 아내, 여종을 끌고 와 통 안에 던져 넣으라고 했다.

그들이 끌려왔다. 사형 집행인들이 막 통으로 던지려고 하는 순간, 왕이 생각보다 빨리 말을 타고 뜰에 도착했다. 왕은 화들짝 놀라며 이 끔찍한 광경이

어찌 된 일인지 물었다. 아무도 사실대로 말하지 못했다. 그때 대비는 모든 것이 들통나자, 분통을 터뜨리며 큰 통에 자신의 머리부터 집어넣으며 뛰어들었다. 대비는 자신이 채우라고 한 사나운 동물들에게 순식간에 삼켜졌다. 왕은 자신의 어머니가 아내와 아이들에게 한 짓을 알고 화가 났다. 그러나 아내와 아이들이 모두 무사했기에 이내 마음을 달랬다.

백마법, 흑마법

마녀와 여자 마법사들은 샤를 페로나
그림 형제와 같은 작가들이 쓴 동화를 통해
널리 알려졌고, 우리도 이 작가들의 작품을 통해
잘 알게 되었지만, 고대와 중세 시대부터
전해져 오는 또 다른 마녀, 여자 마법사들의
이야기도 있습니다. 예를 들어 키르케,
메데이아, 모건 르 페이와 멜뤼진이 있지요.
이들은 동화 속 요정들보다 오래되었지만,
훨씬 더 복잡한 면을 가지고 있습니다.
키르케, 메데이아, 멜뤼진이 적수들에게 그토록
큰 위협이 될 수 있었던 것은 무엇보다도 그녀들이
강하고 독립적이기 때문일 것입니다.

헨젤과 그레텔

큰 숲에 가난한 나무꾼과 아내, 두 아이가 살았다. 아들의 이름은 헨젤이고, 딸의 이름은 그레텔이었다.

나무꾼의 집에는 먹을 것이 별로 없었다. 그래서 음식 값이 크게 오르자, 나무꾼은 매일 먹을 빵을 더는 살 수 없었다. 해결책을 찾으며 밤마다 기도를 하다가 아내에게 한숨을 쉬며 말했다.

"어떡하지? 우리도 먹을 게 없는데, 불쌍한 애들은 어떻게 먹여 살려?"

"여보, 내일 아침 일찍 애들을 아주 깊은 숲속으로 데려가는 거야. 거기서 불을 피워 주고, 빵을 준 다음에 애들만 남겨 놓고 우리는 일하러 간다고 하면서 오는 거야. 그러면 애들은 집에 오는 길을 찾지 못할 테니, 애들을 떼어놓을 수 있어."

"여보, 안 돼! 난 절대로 그렇게 못 해. 어떻게 애들만 숲에 남겨 두고 올 수 있어! 당장에 맹수들에게 잡아먹힐 텐데."

나무꾼이 말했다.

"아, 정신 좀 차려! 그러면 우리 넷 다 굶어 죽을 거야. 당신은 우리가 누울 관 짜는 일만 하게 될 거야."

아내는 남편이 자신의 말대로

하겠다고 할 때까지 들들 볶았다.

　헨젤과 그레텔은 배고픔에 잠들지 못하고 뒤척이다가 **새엄마**가 아빠에게 하는 말을 전부 들었다. **그레텔**은 슬프게 울며 **헨젤**에게 말했다.

　"이제 우리는 어떻게 되는 거야?"

　"울지 마, 그레텔. 걱정하지 마. 내가 방법을 찾아낼게."

　헨젤은 부모님이 잠든 동안에 살그머니 일어나 옷을 입고 문을 열고 밖으로 빠져나갔다. 달이 환하게 빛났고, 집 앞에 잔뜩 깔린 흰 자갈들은 마치 바첸(옛 독일 은화)처럼 달빛에 반짝거렸다. 헨젤은 허리를 숙여 주머니에 넘칠 때까지 자갈을 주워 담았다.

　헨젤은 집에 들어와 **그레텔**에게 말했다.

　"사랑하는 동생아, 마음 놓고 편히 자. 하나님께서 우리를 버리지 않으실

거야."

동이 틀 무렵, **새엄마**는 아이들을 깨우러 왔다.

"게으름뱅이들아, 일어나! 숲에 나무하러 가야 해."

새엄마는 아이들 한 명씩 빵 조각을 나눠 주고 덧붙여 말했다.

"점심으로 먹을 빵이야. 미리 먹으면 안 돼! 더는 먹을 게 하나도 없으니까."

그레텔이 자신의 옷 속에 빵을 챙겨 넣었다. 왜냐하면 **헨젤**의 주머니는 이미 자갈로 가득 찼기 때문이다. 나무꾼 가족은 숲을 향해 길을 떠났다. 얼마 가지 않아, 헨젤은 걸음을 멈추고 집 쪽을 쳐다봤다. 그리고 몇 걸음을 걷다가 또 멈췄다.

63

"헨젤, 뭘 보는 거니? 왜 계속 뒤처져 있는 거야? 빨리 걸어라!"

아빠가 재촉했다.

"아, 아빠. 지붕 위에 앉아서 잘 다녀오라고 인사하는 제 흰 고양이를 보고 있어요."

헨젤이 말했다.

"바보 같으니라고! 네 고양이가 아니라 굴뚝을 비추는 해잖아."

새엄마가 톡 쏘아 말했다.

사실 헨젤은 고양이를 본 게 아니라, 걸음을 멈출 때마다 주머니에서 흰 자갈을 길에 떨어뜨렸다.

숲의 한가운데에 다다르자, 아빠가 말했다.

"자, 얘들아, 나무를 좀 모아서 와 봐. 춥지 않게 불을 지펴 줄게."

헨젤과 그레텔은 나뭇가지를 꽤 많이 모아 왔다. 아빠가 나뭇단에 불을 지펴다. 불이 활활 타오르자, 새엄마가 말했다.

"얘들아, 모닥불 옆에서 쉬고 있어. 우리는 나무하러 숲에 갔다가 일을 다 마치면 데리러 올게."

헨젤과 그레텔은 모닥불 옆에 앉았고, 점심때가 되어 작은 빵 조각을 꺼내 먹었다. 아이들은 도끼로 나무를 베는 소리가 들려서 아빠가 가까이에 있다고 생각했다. 그러나 그것은 도끼질 소리가 아니라 아빠가 죽은 나무에 매달아 놓은 나뭇가지가 바람에 이리저리 흔들리며 부딪치는 소리였다. 아이들은 오래 앉아 있어서 졸렸고, 이내 잠들었다. 잠에서 깼을 때, 이미 땅거미가 거뭇거뭇 내렸다. 그레텔이 울음을 터뜨리며 말했다.

"오빠, 이제 어떻게 숲에서 나가?"

헨젤은 동생을 달랬다.

"달이 뜰 때까지 조금만 기다려. 집에 가는 길을 찾게 될 거야."

달이 둥실 떠오르자, 헨젤은 동생의 손을 잡고, 자신이 뿌려 놓은 흰 자갈들을 따라 걸었다. 돌들은 바첸처럼 반짝거리며 길을 잘 비춰 주었다. 아이들은 밤새 걸어 아주 이른 새벽이 되어서 집에 다다랐다. 문을 쾅쾅 두드렸다. 새엄마는 문 앞에 서 있는 헨젤과 그레텔을 보고는 이렇게 말했다.

"못된 녀석들, 왜 그렇게 숲에서 오래 잤니? 우리는 너희가 집에 오지 않

으려는 줄 알았잖아."

그러나 아빠는 아이들만 남겨 두고 온 것을 후회했기 때문에 돌아온 아이들을 보며 기뻐했다.

얼마 지나지 않아, 또다시 온 나라에 가난이 덮쳤다. 이번에도 아이들은 새엄마가 밤에 침대에서 아빠에게 하는 말을 들었다.

"또 모든 것이 불안정해. 이제 남은 것이라고는 빵 반쪽밖에 없어. 아이들을 떼어 내야 해. 이번에는 숲속 더 깊이 데려가야 해. 그래야 돌아오는 길을 찾지 못하지. 다른 선택의 여지가 없어."

나무꾼은 괴로웠다. 차라리 마지막 빵을 아이들과 나눠 먹는 편이 낫겠다고 생각했다.

그러나 **아내**는 남편의 생각을 바꾸기 위해 갖은 수를 쓰며 남편을 핀잔했다. 한번 예라고 말한 사람은 두 번째도 그렇게 말하게 되고, 한번 굴복한 사람은 두 번째도 굴복하고 만다.

부모님이 잠자는 동안에 **헨젤**은 다시 일어나 지난번처럼 흰 자갈을 주우러 나가려고 했다. 그러나 새엄마가 문을 열쇠로 잠그는 바람에 나갈 수 없었다. 헨젤은 그레텔을 달래며 말했다.

"**그레텔**, 울지 말고 편히 자. 하나님께서 우리를 도와주실 거야!"

아침 일찍 새엄마가 와서 아이들을 침대에서 끌어냈다. 아이들은 저번보다 훨씬 더 작은 빵 조각을 받았다. 헨젤은 천천히 걸으면서 주머니에서 빵 조각을 부스러뜨렸다. 그리고 도중에 멈춰서 빵 부스러기를 땅에 떨어뜨렸다.

"헨젤! 왜 멈춰서 주위를 두리번거리니? 어서 가자!"

아빠가 헨젤을 불렀다.

"지붕에서 잘 다녀오라고 인사하는 제 비둘기를 보고 있어요."

헨젤이 대답했다.

"바보 같으니라고. 네 비둘기가 아니라 해가 떠서 굴뚝을 비추는 거야."

새엄마가 말했다.

그러나 헨젤은 계속해서 빵 부스러기를 길 위에 던졌다.

새엄마는 애들을 이전보다 더 깊은 숲속으로 데려갔다. 새엄마조차도 한 번도 가 본 적이 없는 아주 깊은 숲이었다. 거기서 더 세게 불을 지폈다. 새엄마가 말했다.

"얘들아, 여기에 있어. 좀 피곤하면, 잠을 자도 돼. 우리는 나무하러 숲에 갔다가 저녁에 일이 끝나면, 데리러 올게."

점심때쯤, 그레텔은 가지고 있던 빵을 헨젤과 나눠 먹었다. 헨젤은 먹을 빵을 숲으로 오는 길 위에 다 뿌렸기 때문이다. 그러고 나서 헨젤과 그레텔은 잠이 들었다. 해가 졌지만, 아무도 불쌍한 아이들을 데리러 오지 않았다. 아이들은 한밤중이 되어서야 잠에서 깼다. 헨젤은 그레텔을 달래며 말했다.

"그레텔, 달이 뜰 때까지 기다려. 달이 뜨면 내가 뿌린 빵 조각이 보일 거야. 그러면 집에 돌아가는 길을 찾을 수 있어."

달이 높이 뜨자, 아이들은 자리에서 일어났다. 그러나 빵 부스러기는 전혀

보이지 않았다. 왜냐하면 숲속과 풀밭을 날아다니는 수천 마리의 **새들**이 쪼아 먹었기 때문이다. 헨젤은 그레텔에게 말했다.

"그래도 집에 가는 길을 찾을 수 있을 거야."

그러나 아이들은 길을 찾지 못했다. 밤새 걷고, 다음 날도 아침부터 밤까지 온종일 걸었지만, 숲을 빠져나가지 못했고, 쫄쫄 굶었다. 먹을 것이라고는 야생에서 자라는 붉은 열매가 다였기 때문이다. 아이들은 너무 지쳐서 더는 다리를 움직일 수 없었다. 그래서 나무 밑에 누워 잠에 곯아떨어졌다. 집을 떠난 지 벌써 사흘째였다. 아이들은 다시 걸었다. 그러나 점점 더 깊은 숲속으로 들어갔다. 도움을 받지 못한다면, 굶어 죽을지도 몰랐다.

점심때가 되자, 높은 나뭇가지에 앉은 아름다운 **흰 새** 한 마리가 보였다. 지저귀는 소리가 어찌나 아름다운지 아이들은 가만히 서서 들었다. 새는 노래를 그치더니 날개를 펼치며 아이들 주위를 파닥파닥 날기 시작했다. 아이들은 새를 따라갔다. 새는 날아서 오두막 지붕 위에 앉았다. 아이들은 오두막에 다가갔다. 오두막은 빵, 지붕은 과자, 창문은 투명한 설탕으로 지어져 있었다.

"여기에 있자. 먹을 게 있잖아. 나는 지붕을 좀 먹고 싶어. 그레텔, 창문도 먹어 봐. 달콤해."

헨젤이 말했다.

헨젤은 지붕에 올라가 지붕 조각을 떼어 왔고, **그레텔**은 창가에서 창문을 갉작갉작 갉아 먹었다.

그때 오두막에서 작은 목소리가 새어 나왔다.

"갉작갉작, 누가 나의 집을 갉아 먹는 거지?"

아이들이 대답했다.

"바람, 바람, 살랑살랑 산들바람이지."

아이들은 한눈팔지 않고 쉬지 않고 먹었다. **헨젤**은 지붕이 아주 맛있어서 큼지막하게 먹어 치웠고, 그레텔은 창문을 둥글게 떼어 내 바닥에 앉아서 맛있게 먹었다.

갑자기 문이 벌컥 열리면서 아주 나이 많은 노파가 지팡이를 짚고 나왔다. 헨젤과 그레텔은 너무나도 무서워서 손에 들고 있던 것을 다 떨어뜨렸다. 노

파는 머리를 흔들면서 말했다.

"아이고, 얘들아! 어쩌다가 여기까지 온 거니? 어서 들어와라. 아무 걱정 말고."

노파는 아이들의 손을 잡고 오두막 안으로 들어갔다. 안에는 맛있는 음식이 차려져 있었다. 우유, 설탕과 개암나무 열매를 곁들인 팬케이크가 있었다. 그리고 흰색 천을 씌운 침대가 준비되어 있었다. 헨젤과 **그레텔**은 침대에 누워 봤다. 마치 천국에 있는 것 같은 기분이 들었다.

헨젤과 그레텔을 친절하게 맞은 노파는 사실 **못된 마녀**였다. 그저 아이들을 꾀려고 빵으로 지은 집으로 덫을 놓은 것이었다.

마녀는 아이들이 손아귀에 들어오면, 죽여서 구워 먹을 셈이었다. 마녀들은 눈이 새빨갛고 멀리 볼 수 없지만, 후각이 동물처럼 발달해 인간이 다가오면 금세 알아챈다. 헨젤과 그레텔이 늙은 마녀에게 다가왔을 때, 늙은 마녀는 음흉하게 웃으면서 말했다.

"내 손아귀에 들어왔으니 빠져나가지 못할 거야!"

이튿날 아침, 늙은 마녀는 아이들의 발그레한 뺨을 가만히 바라보면서 낮은 목소리로 중얼거렸다.

"맛있는 식사가 되겠어."

그리고 늙은 마녀는 억센 손으로 **헨젤**을 끌고 가 창살문이 달린 가축우리에 가두었다. 헨젤은 있는 힘껏 소리 질렀지만 소용없었다. 이어서 **늙은 마녀**는 그레텔을 깨웠다.

"게으름뱅이야, 일어나! 가서 물을 길어 와서 네 오빠를 위해 맛있는 요리를 해라. 네 오빠는 바깥 우리에 있어. 녀석이 포동포동 살이 쪄야 해. 살이 좀 올라야 잡아먹을 수 있지."

그레텔은 크게 울음을 터뜨렸다. 그러나 아무런 소용이 없었다. **못된 마녀**가 시키는 대로 해야 했다.

헨젤이 먹을 맛있는 요리가 준비되었다. 그러나 **그레텔**이 먹을 것이라고는 가재 껍데기밖에 없었다. 매일 아침, 늙은 마녀는 우리에 달려가서 소리쳤다.

"헨젤, 창살 사이로 손을 내밀어 봐라. 살이 쪘는지 보게."

헨젤은 우리 안에 있던 오래된 뼈다귀를 내밀었다. 마녀는 앞이 거의 보이지 않아 그 뼈다귀를 헨젤의 손이라고 믿었고, 살이 찌지 않아 깜짝 놀랐다.

4주가 지나도 **헨젤**이 여전히 앙상하자, 늙은 마녀는 더는 기다리지 않기로 했다.

마녀가 불렀다.

"그레텔, 어서 물을 길어 와! 헨젤이 살이 쪘든 안 쪘든 내일은 반드시 잡아먹을 거야!"

불쌍한 **그레텔**은 물을 길러 가면서 펑

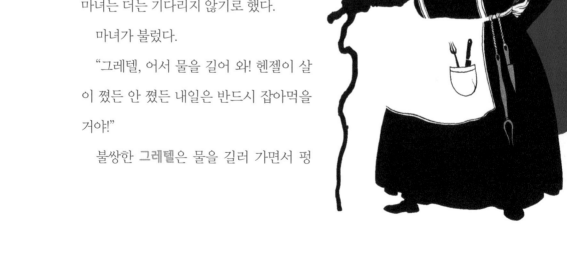

펑 눈물을 쏟았다.

"하나님, 우리를 도와주세요! 차라리 숲의 짐승들에게 잡아먹혔더라면 함께 죽었을 텐데!"

"울어도 소용없어!"

늙은 마녀가 차갑게 말했다.

이튿날 아침, 그레텔은 양동이에 물을 채워 와서 벽난로에 걸었다.

"먼저 빵을 만들자. 내가 벌써 화덕에도 불을 지피고 반죽도 해 놨어."

늙은 마녀는 불길이 밖까지 꿈틀거리는 화덕 쪽으로 불쌍한 그레텔을 밀었다.

"몸을 숙여 봐. 밀가루 반죽을 넣어도 될 만큼 데워졌는지 확인해야 하니까."

늙은 마녀는 때를 봐서 그레텔을 화덕 안으로 집어넣을 생각이었다. 그레텔을 구워서 먹으려고 말이다. 그러나 그레텔은 이미 늙은 마녀의 꿍꿍이를 눈치챘다.

"어떻게 들어가는지 잘 모르겠어요!"

"이런 멍청이 같으니라고! 문이 이렇게 크잖아! 봐라, 나도 들어갈 정도잖니?"

늙은 마녀는 화덕에 기어 올라가 머리를 화덕 안으로 쑥 밀어 넣으면서 말했다.

그레텔은 기회를 놓치지 않고 늙은 마녀를 힘껏 밀었다. 늙은 마녀는 중심

을 잃고 화덕 안으로 떨어졌고, 그레텔은 재빨리 쇠문을 닫고 빗장을 걸었다.

"앗! 앗!"

늙은 마녀는 꽥꽥 소리를 질렀다. 그레텔은 그 자리를 피해 도망쳤고, 무시무시한 마녀는 끔찍하게 타 죽었다. 그레텔은 곧장 헨젤에게 달려가 가축우리의 문을 열고 소리쳤다.

"오빠, 우리는 자유야. 늙은 마녀는 죽었어!"

헨젤은 마치 새장에서 풀려난 새처럼 폴짝거리며 뛰어나왔다. 오누이는 서로 얼싸안고 기뻐했다! 헨젤과 그레텔은 더는 두려울 것이 없는 마녀의 집으로 들어갔다. 그리고 집 구석구석에서 보석을 찾았다.

"자갈보다 훨씬 아름다워!"

헨젤은 주머니에 들어갈 수 있을 만큼 보석을 채우며 말했다.

그레텔도 앞치마에 보석을 넣으며 말했다.

"나도 집에 가져가고 싶어."

헨젤이 말했다.

"이제 이 으스스한 숲에서 나가자."

둘은 두 시간을 걸어 강가에 다다랐다.

"못 건너겠어. 임시 다리도, 다리도 보이지 않아."

헨젤이 시무룩이 말했다. 그레텔이 이어 말했다.

"배도 없어. 그러나 흰 오리가 보여. 부탁하면 우리가 강을 건너도록 도와줄 거야."

그레텔이 오리를 불렀다.

"오리야, 친절한 오리야, 그레텔과 헨젤에겐 강을 건널 임시 다리도, 다리도 없어. 네 등에 태워서 건너가게 해 주겠니?"

오리가 다가왔다. 헨젤이 오리 등에 올라타고, 동생도 태우려고 했다. 그러자 그레텔이 말했다.

"안 돼! 우리 둘 다 타면 오리가 무거울 거야. 한 명씩 타야 해."

오리는 훌륭하게 아이들을 실어 날랐고, 덕분에 아이들은 무사히 강을 건넜다. 길을 걷다 보니 점점 익숙한 길이 나왔고, 마침내 집이 보였다. 아이들은 뛰기 시작했다. 집으로 달려 들어가 아빠의 품에 안겼다. 아빠는 숲에 아이들을 버리고 온 후로 기쁨을 잃은 채 살았고, 그사이에 새엄마는 죽었다.

그레텔은 앞치마를 흔들어 보석을 쏟아 냈는데, 보석이 부엌까지 굴러갔다. 헨젤도 주머니에서 진주와 보석을 한 움큼씩 꺼냈다. 마침내 모든 걱정은 끝났고, 세 사람은 함께 행복하게 살았다.

키르케

태양신 헬리오스와 대양의 여신 페르세이스 사이에서 태어난 딸, 키르케는 마녀이면서 마법사이다.

키르케는 그리스어로 '맹금'이란 뜻인데, 그녀에게 딱 어울리는 이름이다. 왜냐하면 친절을 가장한 키르케의 발톱에 걸려든 먹잇감이 많았기 때문이다!

오디세우스의 **부하 스물두 명**도 키르케의 섬에 내렸을 때, **사자와 늑대** 무리의 호위를 받는 눈부신 키르케를 보자마자, 마음을 홀딱 빼앗겼다. 부하들은 아무런 의심 없이 키르케의 궁전에 들어갔고, 키르케가 내온 음료 키케온을 마셨는데, 키르케가 손수 만든 독이 들어 있던 탓에 부하 모두 **돼지**로 변하고 말았다.

마녀의 궁전에 들어가지 않은 **에우릴로코스**가 황급히 오디세우스에게 달려가 이 사실을 알렸다. 오디세우스는 부하들을 구하러 가는 길에 **헤르메스**를 만났다. 헤르메스는 **오디세우스**에게 마법의 풀을 선물했다. 마법의 풀 덕분에 독이 든 키케온도, 마법의 지팡이도 오디세우스에게 통하지 않았다. 궁지에 몰린 키르케는 **이타카섬**의 왕, 오디세우스에게 잠자리를 청했고, 오디세우스는 자신을 해치지 못하도록 키르케에게 모든 신의 이름으로 맹세하게 했다. 오디세우스와 함께 살게 된 키르케는 오디세우스의 부하들을 다시 인간의 모습으로 되돌리고, 오디세우스가 이타카섬으로 돌아가려고 할 때 항해 중에 겪게 될 위험과 피할 방법을 아낌없이 알려 줬다.

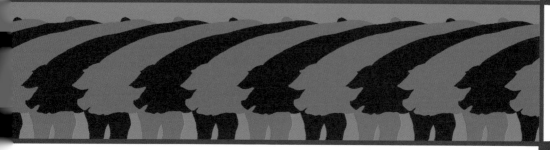

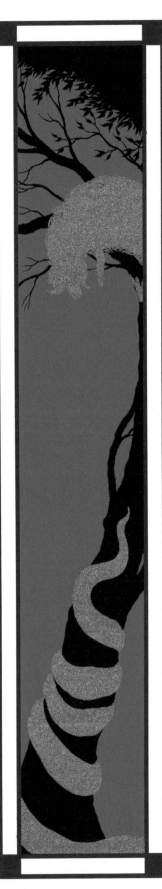

메데이아

키르케의 조카인 메데이아는 마법을 잘 부리고, 묘약이나 독을 잘 만들고, 키르케처럼 모험 중인 영웅에게 쉽게 마음을 줬다.

이아손과 **아르고호 원정대**가 황금 양털을 훔치려고 콜키스섬에 왔을 때, 메데이아는 이아손에게 마음을 빼앗겼다.

메데이아의 아버지이자, 콜키스의 왕, **아이에테스**는 귀한 보물을 지키고 싶어서 **이아손**에게 놋쇠 발에 코에서 불을 내뿜는 황소로 쟁기를 끌어 밭을 갈고, 카드모스가 물리친 용의 이빨을 밭에 뿌리며, 이빨에서 솟아난 전사들을 물리치는 위험천만한 시험을 통과해야만 황금 양털을 가질 수 있다고 했다. **메데이아**의 마법이 아니었더라면, 이아손은 황금 양털을 지키는 용을 물리치지도, 황금 양털을 손에 넣지도 못했을 것이다.

결국 메데이아는 황금 양털을 훔친 이아손과 함께 콜키스섬에서 도망쳤고, 아버지의 함대에 쫓기게 되었다. 메데이아는 아버지의 추격을 늦추기 위해 남동생 **압시르토스**를 죽이고, 그 사지를 토막 내어 바다에 던져 버렸다. 아이에테스는 아들의 시신을 건지고 장례를 치르기 위해 추격을 멈출 수밖에 없었다.

메데이아는 그리스 코린토스에서 두 아들을 낳았다. 그러나 이아손은 코린토스 왕 크레온의 딸에게 반해 메데이아를 버리고 **그라우케**와 결혼하려고 했다. 메데이아는 결혼식 날, 신부 그라우케에게 독을 바른 옷을 선물해 죽이고, 이아손과의 사이에서 낳은 두 아들까지 남편이 보는 앞에서 죽이고 말았다.

모건 르 페이

아서왕의 이복 누이인 모건 르 페이는 흑마녀이자 백마녀이고, 순수하게 사람인 동시에 훌륭한 요정이다.

어느 날, 원정을 수없이 치른 랜슬롯은 과수원에서 쉬기로 했다. 랜슬롯이 잠든 사이에 요정 나라의 여왕 네 명이 신하들을 이끌고 왔는데, 이 중에 **모건 르 페이**가 있었다. 여왕들은 잘생긴 랜슬롯을 보고는 서로 자신의 연인으로 삼겠다고 다투었다. 그러다 모건 르 페이가 싸움을 중단시키며 랜슬롯에게 마법을 걸어 자신의 성에 있는 지하 감옥에 데려갔다. 랜슬롯이 마법에서 풀려 깨어나자, 모건 르 페이가 말했다.

"반 왕의 아들, 호수의 랜슬롯 경이여, 우리는 랜슬롯이 **기네비어** 왕비를 사랑한다는 사실을 알아요. 그러나 결코 이루어질 수 없는 사랑이에요. 그러니까 당신은 우리 네 명 중에 한 명을 선택해야 해요."

"내 마음은 이미 그 사람에게 가 있소. 나는 그대들 중에 어느 누구도 선택하지 않을 거요. 왜냐하면 내 사랑하는 이의 얼굴을 잊게 할 만한 여인이 그대들 가운데 없기 때문이요."

모건 르 페이는 랜슬롯을 경멸하며, 죽도록 내버려 둔 채 지하 감옥을 나와 버렸다. 그러나 랜슬롯은 살아날 희망이 사라지려는 순간에 뜻밖의 도움을 받아 탈출에 성공했다. 랜슬롯에게 식사를 가져다주는 **하녀**가 랜슬롯을 측은하게 여겨 비밀의 문으로 성에서 도망칠 수 있게 한 것이었다.

멜뤼진

옛날에 레몽댕이란 남자가 있었는데, 사냥 시합 중에 숙부를 잃었다.

레몽댕은 괴로움을 이기지 못해 전속력으로 말을 타고 달리다가 마법의 샘에 이르렀다. 마침 세 여인이 목욕을 하고 있었는데, **레몽댕**은 눈물이 앞을 가려서 미처 여인들을 보지 못했다. 세 명 중에 가장 아름다운 멜뤼진은 레몽댕이 눈길을 주지 않자, 자존심이 몹시 상했다. 멜뤼진은 레몽댕에게 자신과 결혼하면 가장 강한 영주로 만들어 주겠다고 했다. 그러나 토요일에는 절대로 그녀를 보면 안 된다는 조건을 내걸었다.

레몽댕은 신비로운 여인 멜뤼진과 결혼했다. 어느 날(그날은 토요일이었다), 한창 축제를 준비하던 중에 레몽댕의 **남동생**이 찾아와 떠도는 소문을 들려줬다. 소문의 내용은 레몽댕의 아내가 토요일마다 사라지는 이유가 다른 남자를 만나기 때문이라는 것이었다. 그 말에 레몽댕은 불같이 화를 내며 검을 뽑아 들고, 멜뤼진이 있는 방을 찾아가 문을 벌컥 열어젖혔다.

방 안에는 **멜뤼진**이 거대한 대리석 욕조에서 목욕을 하며 머리를 빗고 있었다. 그런데 멜뤼진의 아름답고 고운 다리가 있어야 할 자리에 뱀의 꼬리가 똬리를 틀고 있었다. 레몽댕은 남동생의 잘못된 말만 듣고 아내와의 약속을 어겼다는 사실에 절망했다. 후회했지만 이미 멜뤼진은 창문으로 날아가 버린 후였다. 멜뤼진은 그 후 다시는 돌아오지 않았다.

살롱의 요정 이야기

버려진 큰 성탑, 깊은 숲속과 해 질 녘 숲속의 빈터는
결코 아주 멀리 있지 않습니다. 요정 나라의
요정 이야기가 귀족들의 살롱에서도 즐겨 읽히게
되거든요. 대개 요정들은 어른의 몸을
잠시 버리고 어린이의 모습으로 반투명한
날개를 달고서 날아다닙니다. 자연에 살고,
변덕이 심하며, 제멋대로 행동하지요.
게다가 요정 나라의 시간은 우리가 사는 세상의
시간과 달라서 요정 나라에서 한 시간 길을 잃고
헤매면, 이 세상에서는 수년 뒤가 됩니다.
그러니까 독자 여러분은 다음 장을 넘길 때
아주 조심해야 할 겁니다.

2막 1장 (아테네 근처의 숲. 한쪽 문에서 요정, 다른 쪽 문에서 퍽
이 등장한다.)

퍽   아니, 요정아! 어딜 그렇게 돌아다녀?

요정   작은 언덕 넘어, 작은 골짜기 넘어,

      수풀과 가시덤불을 지나,

      정원과 성벽 위에,

      불과 물을 지나,

      달보다 빠르게

      닥치는 대로 곳곳을 돌아다니지.

      나는 요정들의 여왕을 모셔.

      나는 초목 위에 마법의 원들을 뿌리지.

      여왕은 키 큰 앵초들을 아껴.

      앵초들의 황금 옷에 있는 점들을 봐.

      이 점들은 요정들의 보석, 루비야.

         이 점들 속에 그들의 향기 나는 즙이 살고 있어.

         나는 이곳에 와서 이슬방울을 몇 방울 따서

            앵초마다 꽃잎에 진주를 달아야 해.

         안녕, 둔한 요정아, 나 먼저 갈게.

         우리 여왕과 요정들이 모두 다 곧 올 거야.

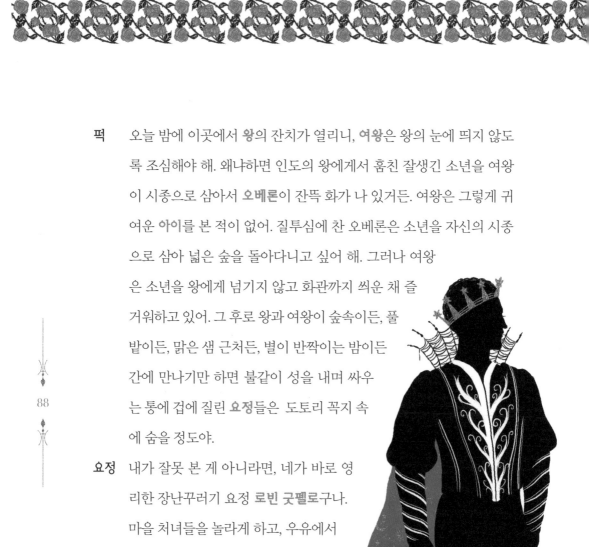

퍽 오늘 밤에 이곳에서 **왕**의 잔치가 열리니, **여왕**은 왕의 눈에 띄지 않도록 조심해야 해. 왜냐하면 인도의 왕에게서 훔친 잘생긴 소년을 여왕이 시종으로 삼아서 **오베론**이 잔뜩 화가 나 있거든. 여왕은 그렇게 귀여운 **아이**를 본 적이 없어. 질투심에 찬 오베론은 소년을 자신의 시종으로 삼아 넓은 숲을 돌아다니고 싶어 해. 그러나 여왕은 소년을 왕에게 넘기지 않고 화관까지 씌운 채 즐거워하고 있어. 그 후로 왕과 여왕이 숲속이든, 풀밭이든, 맑은 샘 근처든, 별이 반짝이는 밤이든 간에 만나기만 하면 불같이 성을 내며 싸우는 통에 겁에 질린 **요정**들은 도토리 꼭지 속에 숨을 정도야.

요정 내가 잘못 본 게 아니라면, 네가 바로 영리한 장난꾸러기 요정 **로빈 굿펠로**구나. 마을 처녀들을 놀라게 하고, 우유에서 지방을 걷어 내고, 때때로 맷돌을 돌리는 게 너 아니야? 피곤한 아낙 네가 버터를 헛돌리게 괴롭히

고, 술의 누룩이 발효되지 못하게 하는 게 너 아니냐고? 나그네가 밤길
을 헤매게 만들고, 그 모습을 보며 키득대는 것도 너지? 그러나 너를
홉고블린, 친절한 **퍽**이라고 부르는 사람들에게는 도움을 주고, 행운을
가져다줘. 말해 봐. 너 맞지?

퍽   딱 맞혔어. 나는 유쾌한 밤의 요정이야. 나는 재주를 부려서 **오베론**을
웃게 만들어. 암망아지 울음소리를 그대로 따라 해 잠두콩을 먹는 통
통한 말을 속이지. 때로는 구운 사과 모양을 하고 아낙네의 찻잔 속에
숨기도 해. 그래서 아낙네가 마시려고 할 때 입술을 탁 쳐서 가슴 위로
음료를 쏟게 만들지. 아주머니가 아주 슬픈 이야기를 할 때 이따금 나
를 세 발 의자로 만들어. 내가 미끄러지면, 아줌마는 바닥에 넘어지면
서 소리를 쳐. 발작적으로 기침을 하고 말이야. 그걸 본 사람들이 너나

없이 허리가 끊어지도록 웃지. 그러면서 이렇게 유쾌한 시간은 없었다
고들 말해. **요정**아, 잠깐 비켜 봐. 오베론께서 오신다.

요정   아! 나의 여왕님도 오시네! 저분은 떠나시길!

2막 2장 (한쪽 문에서 **오베론**이 시종들을 거느리고 등장하고, 다른 쪽 문에서
는 **티타니아**가 자신의 요정들과 함께 등장한다.)

오베론   뭐야 달밤에 오만한 티타니아를 보다니, 재수가 없군.

티타니아   뭐야, 질투심 많은 **오베론**이잖아? **요정들**아, 여기를 떠나자. 나는
저이와 자는 것도, 함께 다니는 것도 하기 싫다.

오베론 그만! 경솔하고 신의가 없는 사람 같으니라고! 내가 당신의 남편
이거늘!

티타니아 그러면 나도 당신의 부인이지요. 그러나 난 당신이 요정 나라를
빠져나가 목동 **코린**의 모습으로 젊은 **필리다**에게 갈대 피리를 불
어 주며 사랑의 말을 속삭였던 날을 알아요. 당신은 왜 그 먼 인도
에서 돌아왔어요? 강한 아마존 여장부, 당신의 여전사 애인이 **테
세우스**와 결혼한다니 그들의 신방◆에 행복과 기쁨을 주려고 돌아
왔나요?

오베론 **티타니아**, 나와 **히폴리테**의 우정을 그렇게 나쁘게 말하는 건 좀 창
피하지 않소? 당신이 테세우스를 사랑한다는 사실을 내가 아는
걸 알면서 말이오! 당신은 테세우스의 연인 **페리구네**의 품에서 테
세우스를 희미한 별밤에 떠나게 하지 않았소? 또 테세우스가 아
름다운 이글즈와 아리아드네, 안티오페와 맺은 사랑도 깨뜨리지
않았소?

티타니아 그건 당신이 질투심에 꾸며 낸 거짓말들이에요. 우리가 하지◆부
터 바람 소리에 맞춰 원무◆를 추기 위해 언덕 위, 골짜기, 숲속, 초
원, 맑은 샘 근처, 골풀이 난 시냇물, 혹은 바닷가에서 만나기만 하
면, 당신은 아우성을 치며 우리의 놀이를 방해했지요.
헛된 반주에 화가 난 바람은 우리에게 복수라도 하듯이 바다에서
전염병을 일으키는 수증기를 빨아올려서 평야에 떨어뜨리고, 빈

90

◆ **신방** 신랑, 신부가 첫날밤을 치르도록 새로 차린 방
◆ **하지** 이십사절기의 하나. 일 년 중 낮이 가장 길고 밤이 가장 짧은 날
◆ **원무** 여럿이 둥그렇게 둘러서서 추거나 돌면서 추는 춤

약한 하천들을 오만하게 부풀려서 땅으로 넘쳐흐르게 했어요. 그래서 황소는 멍에◆를 쓰나 마나였지요. 농부의 땀은 헛수고가 되고, 아직 덜 여문 밀은 어린 이삭에 솜털이 덮이기도 전에 썩어 버렸어요. 물에 잠긴 평야 한가운데 가축우리는 텅 비어 버렸고, 까마귀 떼는 동물 시체를 먹으며 살이 쪘어요. 놀이터는 진흙으로 뒤덮이고, 푸른 풀밭 위에 구불구불했던 샛길은 더는 찾는 발길이 없어 사라져 버렸어요. 인간들은 겨울 축제를 잃었지요. 더는 긴 겨울밤을 흥겹게 만들던 노래도, 찬가도, 크리스마스도 없으니까요.

그래서 바다를 다스리는 달은 분노로 창백해지고 축축한 수증기로 공기를 적셔서 질병들을 퍼부어요. 계절도 온통 뒤죽박죽이에요. 차고 짙은 백발의 서리가 붉은 장미의 부드러운 품에 내리고, 늙은 겨울은 조롱하듯이 자신의 차가운 턱과 머리 주위에 부드러운 꽃봉오리 장식을 펼쳐 놓잖아요. 봄, 여름, 풍요로운 가을과 침울한 겨울이 서로의 옷을 바꿔 입어서 세상은 당황하고, 어느 것이 어느 계절의 산물인지 구별할 수 없게 되었어요. 이러한 재난은 모두 우리의 다툼 때문이에요. 우리가 주동자이자 원인이에요.

◆ **멍에** 수레나 쟁기를 끌기 위해
　　말과 소의 목에 얹는 막대

오베론   그러면 당신이 이 무질서를 바로잡아 보시오! 당신에게 달렸소. 왜 **티타니아**는 **오베론**의 말을 듣지 않는 거지? 나는 그저 소년 한 명을 내 으뜸 시종으로 삼게 해 달라고 한 것뿐인데.

티타니아 포기해요. 요정 나라를 통째로 준다고 해도 내게서 그 아이를 데려갈 수는 없을 테니. 그 아이의 어미는 나를 따르는 신봉자◆였어요. 그녀는 인도의 향기가 풍기는 밤마다 내 곁에서 수다를 떨었고, 우리는 황금빛 모래밭에 나란히 앉아서 바다를 지나가는 무역선을 바라봤어요. 우리는 바람에 돛이 둥글게 부풀어 오르는 것을 보며 웃었고, 그녀는 그것을 흉내 내려고 했지요. 당시 내 어린 시종을 임신했던 그녀는 둥근 배를 앞으로 내밀면서 귀엽게 흔들거리며 걸었어요. 평야 위를 항해하는 배 같았어요. 그녀는 마치 항구에 돌아온 배처럼 온갖 물건들을 찾아서 내게 가져왔어요. 그러나 불쌍한 여자는 죽을 운명이었기에 아이를 낳다가 죽었고, 나는 그녀를 위해 대신 아이를 키우는 거예요. 내가 이 아이와 떨어질 수 없는 건 그 어미에 대한 사랑 때문이에요.

오베론   당신은 이 숲에 얼마나 머물 생각이오?

티타니아 아마도 **테세우스**의 결혼식이 끝날 때까지요. 당신이 참을성 있게 우리와 함께 원무를 추고 달빛 잔치에 오겠다면 그렇게 해요. 그러나 그럴 생각이 없으면, 돌아가요. 나도 당신을 방해하지 않을 테니.

◆ **신봉자** 사상이나 학설 따위를 옳다고 믿고 받드는 사람

오베론	그 소년을 내게 주오. 그러면 나도 따라가겠소.
티타니아	다시 한 번 말하지만, 당신의 요정 나라를 줘도 안 돼요.
	자, **요정들**아, 가자! 여기 더 있다가는 당신과 밤새 싸우겠어요.
	(티타니아는 요정들과 함께 퇴장한다.)
오베론	나 원 참! 그래, 가라! 하지만 이 숲을 빠져나가기 전에 이 심한 모
	욕의 대가는 갚아 줄 테니!
	나의 착한 **퍽**, 이리 오너라. 내가 곶◆에 앉아서 돌고래 등에 탄 사
	이렌의 소리를 듣던 날을 기억하지? 어찌나 부드럽고, 듣기 좋던
	지 심하게 파도치던 바다도 잠잠해지고, 수많은 별들도 흥분해 사
	이렌의 노랫소리를 들으려고 그들의 궤도에서 벗어났잖아.
퍽	네, 기억해요.
오베론	그래! 그때 말이야, 너는 보지 못했지만, 나는 활과 화살을 든 큐피
	드가 차가운 달과 땅 사이로 날아가는 것을 봤어. 큐피드는 서쪽
	의 왕좌에 앉은 아름답고 순결한 **처녀**의 심장을 향해 활을 겨냥했
	고, 십만 개의 심장을 단번에 뚫을 것 같은 아주 예리한 사랑의 화
	살을 쐈지. 그러나 젊은 **큐피드**의 뜨거운 화살은 순결하고 축축한
	달빛 속에 꺼져 버렸어. 여왕은 아무에게도 마음을 주지 않았고,
	순결한 생각에 빠져서 계속 자신의 길을 갔어. 나는 큐피드의 화
	살이 어디에 떨어졌는지 봤어. 서쪽의 작은 꽃에 떨어졌지.
	전에는 우유처럼 흰색 꽃이었는데, 사랑의 상처를 받자 자주색으

93

◆ **곶** 바다 쪽으로 뽀족하게 뻗은 부리 모양의 육지

로 변했어. 젊은 처녀들이 그 꽃을 팬지라고 불러. 그 꽃을 찾아와. 내가 보여 준 적이 있을 거야. 그 꽃 즙을 잠자는 남자나 여자의 눈꺼풀에 바르면, 잠에서 깨어나서 첫 번째로 보는 피조물을 미친 듯이 좋아하게 돼. 내게 그 꽃을 가져와. 큰 고래가 십 리를 헤엄치기 전에 돌아와야 한다.

퍽　40분 안에 지구에게 허리띠를 두르고 올게요. (퍽이 퇴장한다.)

오베론　그 꽃 즙을 손에 넣으면, **티타니아**가 잠들 때까지 기다렸다가, 그녀의 눈에 한 방울 떨어뜨리는 거야. 그러면 그녀가 깨서 맨 처음 보는 것이 사자, 곰, 늑대, 황소, 긴꼬리원숭이 혹은 바삐 돌아다니는 원숭이든 간에 사랑에 빠져 쫓아다니게 될 거야. 티타니아가 그 시종을 내놓으면 그다음에 그녀의 눈에서 마법을 없애 주겠어. 그런데 누가 이곳에 오는 거지? 인간들은 나를 보지 못하니까 저들의 대화를 들어 봐야겠다.

94

무정한 미인 -존 키츠

오! 불행한 이여, 무엇 때문에 괴로워하오?
홀로 창백한 얼굴로 돌아다니면서.
연못의 골초는 시들고,
아무 새도 노래하지 않네.

오! 불행한 이여, 무엇 때문에 신음하오?
그토록 초췌하고, 비탄에 잠겨서.
다람쥐의 곳간은 차고,
추수는 끝났네.

나는 그대의 이마에서
불안과 열의 이슬이 맺힌 백합을 보오.
그대의 뺨에서 반쯤 시든 장미가
끝내 다 시들고 마는 것도 보오.

나는 초원에서 여인을 봤소.
아름다웠지. 요정들의 딸이었다오.
그녀의 머리는 길고, 발걸음은 가볍고,
두 눈은 열정적이었소.

내 순한 말에 그녀를 태우고
온종일 그녀만 바라봤소.
그녀가 몸을 옆으로 기울여
요정의 노래를 불렀기 때문이오.

나는 그녀의 머리에 화관을 만들어 씌우고,
팔찌와 향기 나는 허리띠도 만들어 채웠소.
그녀는 마치 나를 사랑하듯이 바라봤고,
아주 달콤한 신음 소리도 들려줬소.

그녀는 내게 맛있는 뿌리,
야생의 꿀과 감로를 찾아 주었소.
그리고 분명히 낯선 언어로 이렇게 말했소.
"나는 당신을 진심으로 사랑해요."

그녀는 나를 요정의 동굴로 데려가
그곳에서 한숨을 쉬며 나를 바라봤소.
그곳에서 나는 그녀의 열정적이고
슬픈 눈에 키스를 했소.
잠들 때까지.

우리는 이끼 위에서 잠들었소.
그리고 그곳에서 난 꿈을 꿨지.
오! 불행이 나를 찾아왔도다!
나는 차가운 산허리에서 마지막 꿈을 꿨소.

나는 창백한 왕들과 창백한 왕자들과
창백한 전사들을 봤소. 모두 죽음처럼 창백했소.
그들이 내게 고함쳤소.
"무정한 미인의 올가미에 걸려들었구나!"

나는 어스름한 빛에 입을 크게 벌리며
끔찍한 경고를 하는
그들의 굶주린 입술을 봤소.
나는 잠에서 깼고, 내가 이곳에,
차가운 산허리에 있다는 걸 알았소.

그래서 내가 이곳에 머무는 거요.
홀로 창백한 모습으로 떠돌면서.
연못의 골초는 시들고,
아무 새도 노래하지 않아도 말이오.

옛날에 왕과 왕비가 살았는데, 그들에게는 딸이 하나 있었다.

공주는 미모가 빼어나고, 성품이 온화하며, 지성이 뛰어나서 **그라시외즈**('우아한'이라는 뜻의 프랑스어)라고 불렸다. 궁정 사람들 중에는 **그로뇽**('늘 불평하는'이라는 뜻의 프랑스어) 공작 부인이라 불리는 늙고, 돈이 아주 많은 여자가 있었는데, 몹시 소름 끼치는 생김새였다. 이렇게 괴물 같은 사람들은 아름다운 사람들을 시샘하기 마련이다. 그로뇽 공작 부인은 그라시외즈 공주를 아주 싫어했고, 공주를 칭송하는 소리가 듣기 싫어서 궁전을 떠나 멀지 않은 곳에 있는 성에 가서 살았다.

그사이에 **왕비**가 병이 들어 세상을 떠났다. 그라시외즈 공주는 어머니를 잃은 슬픔에 죽을 만큼 괴로웠다. **왕도** 세상을 떠난 아내를 그리워한 나머지 궁전에 틀어박혀서 일 년 가까이 나오지 않았다. 결국 **의원**들은 왕의 건강을 걱정하여 왕에게 바깥바람을 쐬며 슬픔에서 벗어나기를 권했다. 왕은 사냥을 떠났는데, 더위 때문에 근처

성에 들러 쉬기로 했다.

　　그로뇽은 (자신의 성이었기에) 왕이 왔다는 사실을 알고는 당장에 맞이하러 나갔다. 그러고는 성에서 가장 시원한 곳이 크고 깨끗한 지하실이라고 말하며 왕을 안내했다. **왕**은 지하실에 가지런히 놓인 이백 개의 통을 보며 이것들이 공작 부인 혼자만을 위한 것인지 물었다. 그러자 그로뇽이 말했다.

　　"그럼요. 이 통마다 금과 보석이 가득하답니다. 만약 저와 결혼하신다면, 모두 드리겠어요."

　　"아! 더 바랄 게 없소. 당신만 괜찮다면, 당장 내일이라도 결혼합시다."

　　왕은 곧장 대답했다. 돈을 무척 좋아했기 때문이다.

　　"그러나 소선이 하나 더 있어요. 저는 진짜 엄미처럼 공주를 대하고 싶어요. 공주에 관한 것은 모두 제게 맡겨 주세요. 전부 다요."

　　그로뇽이 말했다.

　　"좋소. 당신이 알아서 하시오!"

　　왕은 곧장 궁전으로 돌아갔다. **그라시외즈** 공주는 아버지가 돌아왔다는 소식에 달려 나가 아버지를 얼싸안으며 사냥을 잘 마쳤는지 물었다. 하지만 왕은 의외의 말을 꺼냈다.

　　"먼저 할 말이 있

구나. 사냥 중에 그로뇽 공작 부인을 만났고, 우리는 결혼하기로 했단다."

"오, 하늘이시여!"

이것이 공주가 내뱉은 첫 번째 말이었다.

왕은 화를 냈다.

"입 다물어라. 네 어머니처럼 사랑하고 존경해야 한다. 어서 가서 치장하거라. 오늘 당장 맞이하고 싶으니."

그라시외즈 공주는 그로뇽을 마중하러 나갈 때를 기다리다가 홀로 정원에 내려가 어두컴컴한 풀밭에 털썩 주저앉았다. 공주는 앉자마자, 한숨을 내쉬며 눈물을 쏟았다. 두 눈이 샘물처럼 보일 정도로 울었다.

공주는 이런 상대로는 궁전으로 돌아갈 수 없다는 생각이 들었다. 그때 반짝거리는 초록색 옷을 입고, 흰색 깃털을 단, 세상에서 가장 아름다운 얼굴을 한 시종이 다가왔다. 시종은 한쪽 무릎을 꿇으며 공주에게 말했다.

"아름다운 그라시외즈 공주님, 두려워하지 마세요. 나는 페르시네 왕자예요. 당신의 빼어난 미모와 뛰어난 재능에 모자라지 않을 정도의 재산과 지식을 가지고 있어요. 오래전부터 당신을 사랑했어요. 나는 당신이 있는 곳에 자주 있는데, 당신은 날 보지 못하네요. 난 태어날 때 요정으로부터 받은 선물덕분에 당신을 볼 수 있었어요. 오늘도 이 옷을 입고서 당신과 함께 있을 거예요. 당신에게 도움이 되면 좋겠어요."

왕자의 말에 공주는 눈이 휘둥그레져서 쳐다봤다.

"당신이 바로 멋진 페르시네 왕자군요. 정말 만나 보고 싶었어요. 당신에

대한 놀라운 얘기를 들었어요! 당신이 내 친구가 되어 준다니 정말 말할 수 없이 기뻐요! 이제는 못된 그로뇽이 두렵지 않아요. 당신이 나와 함께 있으니까요!"

두 사람은 좀 더 얘기를 나눴다. 그런 다음 그라시외즈 공주는 궁전으로 돌아갔다. **왕**은 그로뇽이 세상에서 가장 아름답다고 칭송받기를 원한다는 사실을 알고 새 왕비의 초상화를 그리게 하고 시합을 열었다. 기사 중에서 가장 뛰어난 여섯 명의 기사를 뽑아 시합에 내보내 **그로뇽 왕비**가 세상에서 가장 아름답다고 외치게 했다. 아무도 이를 거부하지 못했다.

그때 다이아몬드 상자에 초상화를 가져온 **젊은 기사**가 나타났다. 젊은 기사는 그로뇽이 세상 모든 여자들 중에서 가장 못생겼고, 자신이 들고 있는 상자 안에 그려진 여인이 세상에서 가장 아름답다고 외쳤다. 젊은 기사는 곧장 여섯 명의 기사들을 상대해 이겼다. 이어서 또 다른 여섯 명의 기사와 싸웠고, 스물네 명의 기사와 모두 싸워 무찔렀다. 젊은 기사는 상자를 열고 패배한 기사들에게 아름다운 초상화를 보여 줬다. 기사들은 초상화 속 여인이 **그라시외즈 공주**라는 사실을 알았다. 젊은 기사는 그라시외즈 공주에게 예의를 갖춰 절하고, 자신의 이름을 밝히지 않은 채 물러갔다. 그러나 공주는 페르시네 왕자가 틀림없다고 생각했다.

그로뇽은 화가 나서 숨도 못 쉴 정도였다. 밤이 되자마자 그로뇽은 그라시외즈 공주를 준비한 마차에 태워 1천 리나 떨어진 곳에 있는 무성한 숲으로 보내 버렸다. 그 숲은 사자, 곰, 호랑이와 늑대가 우글거려서 아무도 들어

갈 수 없는 곳이었다.

"**페르시네** 왕자님, 페르시네 왕자님, 어디에 있어요? 나를 버리신 건가요?"

공주가 이렇게 외치자, 세상에서 가장 아름답고 놀라운 것이 보였다. 매우 아름다운 빛이었다. 숲에는 나무가 한 그루도 없고, 양초가 가득해 은은한 빛을 내뿜었다. 그리고 오솔길 끝에는 온통 크리스털로 뒤덮여 해처럼 반짝거리는 성이 보였다. 그라시외즈 공주는 **페르시네** 왕자가 마법을 부린 것이라고 생각했다. 공주는 기쁘면서도 한편으로는 두려웠다.

"나는 혼자야. 왕자님은 젊고, 다정하고, 날 사랑해. 내 생명의 은인이지. 아, 못 견디겠어! 왕자님으로부터 도망치자! 왕자님을 사랑하는 것보다 차라리 죽는 편이 낫겠어."

공주는 뒤에서 소리가 들리자, 와락 겁이 났다. 사나운 짐승에게 잡아먹히는 줄 알고는 덜덜 떨면서 돌아보았다. 사람들이 사랑을 묘사하는 것만큼이나 아름다운 페르시네 왕자가 보였다.

"나의 **공주님**, 당신은 나를 피하는군요. 난 당신을 사랑하는데, 당신은 나를 두려워해요. 어떻게 내 사랑을 모를 수 있어요? 당신을 향한 내 사랑이 부족한가요? 이리 와요. 겁내지 말고 요정의 성으로 와요. 성에는 나의 어머니와 누이들이 있어요. 내가 당신에 대해 얘기해서 이미 당신을 좋아해요."

페르시네 왕자가 말했다.

훌륭한 음악 소리가 들려왔다. **왕비가 두 딸**들과 함께 공주를 마중하러 나와 인사했다. 왕비와 두 공주는 그라시외즈 공주를 성으로 데려갔다.

"내가 본 모든 것이 마법이야. 이렇게 친절하고 엄청난 능력을 가진 왕자님이라서 더욱 두려워! 이곳을 떠나야겠어."

공주는 무척 괴로웠다. 누가 이토록 멋진 성을 떠나 야만스러운 **그로뇽**의 손아귀에 들어가고 싶을

까? 누구라도 주저할 것이다. 하지만 그라시외즈 공주는 페르시네 왕자가 너무나 매력적이어서 왕자가 다스리는 성에 머물고 싶지 않았다.

　페르시네 왕자가 방에 들어왔다. 왕자는 할 수 있는 모든 얘기를 하면서 결혼해 달라고 공주를 설득했지만, 공주는 받아들이지 않았다. 왕자는 공주를 여드레 동안 붙들고 공주를 즐겁게 할 천 가지의 새로운 즐거움을 생각해 냈다.

　공주는 왕자에게 부탁할 것이 생각났다.

　"그로뇽이 어떻게 지내는지, 나한테 저지른 못된 짓을 어떻게 둘러댔는지 알고 싶어요."

　"그러면 나와 함께 큰 탑에 올라가요. 그곳에 올라가면 볼 수 있을 거예요."

　왕자는 공주를 매우 높은 탑 꼭대기에 데려갔다. 탑도 나머지 성처럼 온통 크리스털이었다. 그라시외즈 공주는 못된 그로뇽이 **왕**에게 말하는 것을 지켜봤다.

　"불쌍한 공주가 지하실에서 목을 맸어요. 제가 조금 전에 봤는데, 끔찍하기도 하지! 어서 땅에 묻어야 해요."

　왕은 딸의 죽음에 눈물을 흘렸다. **그라시외즈** 공주는 괴로워하는 아버지를 보며 말했다.

　"아! **페르시네** 왕자님, 아버지가 내가 죽었다고 믿게 내버려 둘 수 없어요. 나를 사랑한다면 내가 살던 곳으로 다시 데려다줘요."

궁전에 다다랐을 때, 페르시네 왕자는 마법을 썼기 때문에 자신과 공주와 썰매는 사람들의 눈에 보이지 않는다고 말했다. 그래서 그라시외즈 공주는 왕의 방까지 무사히 올라갈 수 있었다. 공주는 왕의 발 앞에 달려가 엎드렸다. 왕은 유령이라고 생각해 겁에 질려 도망치려고 했다. 공주는 아버지를 붙들며 자신은 죽지 않았다고 말했다.

왕은 공주의 말이 사실인지 확인하기 위해 사람을 보내 공주를 묻은 땅을 파게 하니 장작이 나왔다. **그로뇽**의 악행에 왕은 소스라쳤다. 그로뇽의 부하들이 그로뇽에게 가서 공주가 돌아와 왕과 함께 저녁을 먹고 있다고 알렸다.

그로뇽은 그길로 왕을 찾아가 이 거짓말쟁이에게 흔들리지 말고, 이자를 자신에게 넘기거나 당장에 쫓아내 절대로 돌아오지 못하게 하라고 말했다. 왕은 불쌍한 공주를 또다시 그로뇽에게 넘겼다. 자신의 딸이 아니라고 믿으면서, 아니 믿는 척하면서 말이다.

그로뇽은 좋아서 어쩔 줄 모르며 시녀들에게 공주를 지하 독방으로 끌고 가 옷을 벗기라고 했다. 비싼 옷을 벗겨서 초라하고 투박한 누더기 옷을 입히고, 나막신을 신기고, 거친 천으로 만든 모자를 씌웠다. 그사이에 못된 **그로뇽**은 자기만큼이나 못된 **요정**을 불렀다.

"보기 싫은 공주가 있어서 괴롭히고 싶어. 공주가 해낼 수 없는 어려운 일을 매일 맡겨서 실컷 때리고 싶어. 날 좀 도와줘. 날마다 공주에게 고통을 줄 일을 찾아 줘."

요정은 네 사람의 무게가 나가는 무겁고 굵은 실타래를 가져왔다. 하도 풀려 있어서 후 불면 끊어질 정도였고, 하도 엉키고 똘똘 뭉쳐 있어서 실의 시작도 끝도 보이지 않았다. 그로뇽은 기뻐하며 공주를 끌고 오게 한 다음 말했다.

"자, 네 두꺼운 손으로 이 실을 감아 봐. 한 올이라도 끊기면, 너는 실패하는 것이기 때문에 네 살가죽을 벗기고 말 테다. 자, 어서 시작해. 해가 지기 전에 끝내."

그로뇽은 공주를 독방에 가두고 삼중으로 잠갔다.

"죽음의 실, 내가 너로 인해 죽는구나. 아, **페르시네** 왕자님! 페르시네 왕자님! 내가 당신의 청혼을 거절해 마음이 너무 상하지 않았기를 바라요. 차마 당신에게 도와 달란 말은 못하겠어요. 그러나 내 마지막 인사만이라도 받으러 와 줘요."

"나의 **공주님**, 나 여기 있어요. 난 늘 당신을 도울 준비가 되어 있어요. 결코 당신을 단념하지 않아요. 당신이 내 사랑을 알아주지 않아도 말이에요."

페르시네 왕자가 요술 막대기로 실타래를 세 번 치자, 곧장 실이 이어졌고, 또 두 번을 치자, 실이 깔끔하게 감겼다.

그로뇽은 일이 실패로 돌아가자, 화를 내며 **요정**을 데려와 꾸짖었다.

"훨씬 더 힘든 일을 찾아내. 공주가 해내지 못하게 말이야."

요정은 떠났다가 이튿날, 깃털이 수북한 큰 통을 가져왔다.

"자, 여기 왕비님 포로의 솜씨와 인내심을 시험해 볼 만한 것을 가져왔어요. 이 많은 깃털을 추리게 하세요. 공작새 깃털과 나이팅게일 깃털을 따로따로 나눠 놓게 하세요. 그러면 한 무더기씩 쌓일 거예요."

요정이 전에 없던 새로운 방법을 찾아내 그로뇽에게 말했다.

그로뇽은 당황해 할 공주를 상상하니 기절할 듯이 좋았다. 공주를 방에 끌고 와서 늘 하던 협박을 하며 큰 통과 함께 가두고 방문을 삼중으로 잠갔다. 해가 지기 전에 일을 끝내라고 명령했다.

그라시외즈 공주는 깃털을 몇 가닥 집었지만, 도저히 구별할 수 없어 다시 통에 던졌다.

"죽자! 내가 죽기를 바라는 거야. 나의 불행은 죽어야 끝나지. 살려 달라고 페르시네 왕자님을 부르지 말자. 날 사랑한다면 이미 이곳에 있을 텐데."

"공주님, 나 여기 있어요. 당신을 구하러 왔어요. 당신은 내가 그토록 좋아해도 의심하는군요. 난 당신을 내 생명보다 사랑하는데."

페르시네 왕자가 숨어 있던 큰 통 속에서 나오면서 말했다. 뒤이어 페르시네 왕자가 요술 막대기로 세 번 치자, 통에 들어 있던 수천 개의 깃털들이 나와 종류별로 나뉘어 차곡차곡 쌓였다.

그로뇽은 정원에 큰 구멍을 우물만큼 깊게 파고, 위에 묵직한 돌을 올려놓게 했다. 그로뇽은 산책하러 나가 **그라시외즈** 공주와 자신을 따르는 모든 사람들에게 말했다.

"여기 돌 밑에 보물이 있으니 어서 돌을 들어 보거라."

각자 손을 넣었다. 그라시외즈 공주도 다른 사람들처럼 돌 밑에 손을 넣어 돌을 들었다. 그라시외즈 공주가 우물에 가까이 다가가자마자, **그로뇽**은 공주를 거칠게 밀어 우물 속에 빠뜨렸고, 돌로 구멍을 막게 했다.

이번에는 살아날 가망이 전혀 없어 보였다. **페르시네** 왕자가 어떻게 땅속 깊이 파묻힌 공주를 찾아낼 수 있을까? 공주는 어렵다는 걸 깨달아 왕자의 청혼을 망설인 것을 후회했다.

공주는 큰 소리로 탄식했다.

"내 운명은 참으로 가혹하구나! 산 채로 땅속에 묻히다니! 이건 그 어떤 죽음보다도 끔찍해. 페르시네 왕자님, 나는 당신을 상심하게 만든 벌을 받는 거예요. 그러나 나는 당신이 사랑을 얻었다고 확신하면, 쉽게 변해 버리는 가벼운 남자일까 봐 두려웠어요. 그러니까 나도 당신의 마음을 믿고 싶었어요. 내 의심이 옳지 않았기 때문에 이 지경에 이르고 말았지만요."

공주는 말을 이었다.

"내가 세상을 떠나면, 당신이 슬퍼해 주길 바라도 될까요? 그러면 내 죽음이 덜 고통스러울 것 같아요."

공주는 이렇게 말하며 자신의 고통을 달랬다. 그때 너무 어두워서 보지 못했던 작은 문이 열리는 것을 느꼈다. 동시에 빛이 들어왔다. 꽃, 과일, 샘, 동굴, 조각상, 작은 숲으로 가득한 정원이 보였다. 공주는 주저하지 않고 문으로 들어갔다. 이 모험의 시작이 어떻게 끝을 맺을지 상상하며 큰길로 나아갔

다. 동시에 요정의 성이 보였다. 온통 크리스털 성이라서 금방 알아봤다. 그곳에서 펼쳐질 공주의 새로운 모험이 보였다. **페르시네** 왕자가 그의 **어머니**와 **누이들**과 함께 왔다.

"아름다운 공주, 더는 거절하지 말아요. 이제 내 아들을 행복하게 해 줘요. 공주도 **그로뇽**에게서 벗어나요. 더는 시달리지 말아요."

공주는 감격해서 절했다. 왕자도 절했다. 동시에 성에서 노랫소리와 악기 연주 소리가 울려 퍼졌고, 결혼식이 아주 성대하게 열렸다. 주위에 사는 **요정**들이 모두 화려한 마차를 타고서 축하하러 결혼식에 왔다. 그중에는 그로뇽을 도와 **그라시외즈** 공주를 괴롭혔던 요정도 있었다. 요정은 공주를 알아봤을 때 까무러치게 놀랐다. 공주에게 지난 일을 잊어 달라고 싹싹 빌며, 공주를 괴롭힌 죄를 갚을 방법을 찾겠다고 했다. 요정은 곧장 무시무시한 뱀 두 마리가 이끄는 마차를 타고서 **왕**의 궁전으로 날아갔다. 그리고 그 자리에서 그로뇽을 찾아 목 졸라 죽였다. 왕비의 호위병도 시녀도, 아무도 막을 수 없었다.

팅커 벨

팅커 벨 혹은 **팅크**라는 요정의 이름은 요정의 언어에 익숙한 이들만이 땡그랑 소리, 방울 소리라는 것을 안다.

피터 팬은 어른이 되기 싫었던 소년이고, 요정의 친구였다. 팅커 벨의 마음은 온통 피터뿐이었기 때문에 자신과 집 없는 소년들의 대장 사이에 누군가 끼어드는 걸 원치 않아서 심술을 부렸다. 팅커 벨은 몸집이 너무 작아서 한 번에 한 가지 감정밖에 가질 수 없었다. 그래서 기쁨은 순식간에 분노와 질투로 바뀔 수 있었다.

런던에서 네버랜드로 향하던 **웬디**는 변덕이 심한 팅커 벨의 공격을 받고 말았다. 요정은 웬디를 죽이려고 했지만, 다행히도 성공하지 못했다. 한번은 팅커 벨이 **후크 선장**에게 피터와 집 없는 소년들의 땅속 집을 알려 주는 바람에 돌이킬 수 없는 일이 벌어질 뻔하기도 했다.

그렇지만 팅커 벨은 나쁜 요정이 아니다. 넉넉하고 착한 마음씨를 가졌고, 이를 여러 번 보여 줬다. 그래서 후크 선장이 피터에게 먹이려고 탄 독을 주저하지 않고 마셔 버렸다. 자신의 생명을 잃을지도 모르는 상황이었지만 아랑곳하지 않았다. 게다가 웬디와 존과 마이클이 네버랜드로 떠날 때, 팅커 벨이 준 선물보다 더 특별한 선물이 또 있을까? 요정의 날개에서 떨어지는 가루 말이다. 이 가루 덕분에 웬디와 **존**과 **마이클**이 창밖으로 나갈 수 있었다. 날아서 말이다!

이야기꾼 조제프 베르노

이 책은 프랑스의 음유시인◆ 조제프 베르노가 다시 들려주는 전설적인 옛이야기입니다. 조제프 베르노는 마법사나 마찬가지입니다. 아이들의 상상에 환상적인 마법을 부리거든요. 늘 연필과 물감을 지니고 다니면서요.

조제프 베르노는 정식으로 미술 학교를 다니지 않고, 혼자 책을 읽으며 공부했습니다. 이상한 나라의 앨리스, 반지의 제왕의 중간계, 마법에 걸린 숲에서 영감을 얻고, 깊은 바닷속부터 올림포스산 꼭대기까지, 아주 먼 선사 시대부터 영국의 빅토리아 시대까지 다양한 이야기에서 영향을 받아 자신만의 그림 세계를 꼼꼼히 세웠습니다. 또 자연을 그리거나 좋아하는 책의 삽화를 따라 그리며 많은 연습을 했습니다.

2012년, 조제프 베르노는 초등학교 교사로 일하던 프랑스 브장송에서 작가 낭시 페냐를 만나는데, 그녀는 조제프 베르노의 멘토이자 뮤즈가 됩니다. 낭시 페냐는 흥미진진한 출판의 세계로 그를 안내했지요.

두 사람은 《끔찍한 이야기와 헨젤과 그레텔의 피 묻은 운명》이라는 소설에 공동으로 삽화를 그립니다. 이어서 조제프 베르노는 《끝없는 이야기》의 삽화를 홀로 작업합니다.

조제프 베르노의 그림은 향수를 드러냅니다. 삽화의 황금시대였던 19세기를 재현하려고 노력하지요. 이 시대를 대표하는 삽화가로는 에드몽 뒤락(1882~1953, 프랑스), 아서 래컴(1867~1939, 영국), 해리 클라크(1889~1931, 아

◆ **음유시인** 중세 유럽에서 여러 지방을 떠돌아다니면서 스스로 시를 지어 읊던 시인

일랜드), 카이 닐센(1886~1957, 덴마크), 오브리 비어즐리(1872~1898, 영국)가 있는데, 이들은 클래식 동화에 아름다운 삽화를 그려 하나의 완벽한 예술 작품으로 탄생시켰습니다. 표지에 금박을 입힌 고급스러운 양장본은 아이들을 위한 크리스마스나 새해 선물로 쓰였지요.

또한 조제프 베르노는 미술 공예 운동(Art & Crafts Movement), 신예술(아르누보, Art Nouveau)과 이슬람, 일본 혹은 러시아의 장식 미술도 열렬히 좋아하여 그 신비한 매력을 자신의 삽화를 통해 보여 주고 있습니다.

아르볼 N 클래식

마녀, 요정 그리고 공주
다 알지만 잘 모르는 이야기

1판 1쇄 인쇄 2019년 11월 20일 | **1판 1쇄 발행** 2019년 12월 5일

글·그림 조제프 베르노 | **옮김** 이정주
펴낸이 권준구 | **펴낸곳** (주)지학사
본부장 황홍규 | **편집장** 박미영 | **팀장** 김은영 | **편집** 문지연 김솔지
디자인 이혜리 | **제작** 김현정 이진형 강석준 | **마케팅** 송성만 손정빈 윤솔옥 이승혜
등록 2010년 1월 29일(제313-2010-24호) | **주소** 서울시 마포구 신촌로6길 5
전화 02.330.5297 | **팩스** 02.3141.4488 | **이메일** arbolbooks@naver.com
ISBN 979-11-6204-072-0 43860
잘못된 책은 구입하신 곳에서 바꿔 드립니다.

이 도서의 국립중앙도서관 출판예정도서목록(CIP)은 서지정보유통지원시스템 홈페이지(http://seoji.nl.go.kr)와
국가자료종합목록 구축시스템(http://kolis-net.nl.go.kr)에서 이용하실 수 있습니다. (CIP제어번호 : CIP2019045961)

Joseph Vernot, *Sorcières, Fées & Princesses*, © Marmaille et compagnie 2018
Korean translation copyright © Jihaksa Publishing Co., Ltd. 2019
This Korean translation rights arranged with Marmaille et compagnie
through The ChoiceMaker Korea Co.

 제조국 대한민국   **사용연령** 10세 이상
KC마크는 이 제품이 공통안전기준에 적합하였음을 의미합니다.

🌳 **지학사아르볼**   아르볼은 '나무'를 뜻하는 스페인어. 어린이들의 마음에
담긴 씨앗을 알찬 열매로 맺게 하는 나무가 되겠습니다.

홈페이지 www.jihak.co.kr/arb/book | **포스트** post.naver.com/arbolbooks